QIAN NIAN
ANNING

王大毅 著

中国民族文化出版社
北 京

图书在版编目（CIP）数据

千年安宁 / 王大毅著 . -- 北京 ：中国民族文化出版社
有限公司，2021.1（2025.6重印）

ISBN 978-7-5122-1456-9

Ⅰ．①千… Ⅱ．①王… Ⅲ．①长篇小说－中国－当代
Ⅳ．① I247.5

中国版本图书馆 CIP 数据核字（2021）第 014486 号

千年安宁
Qiannian Anning

作　　者	王大毅	
责任编辑	李　健	
责任校对	李文学	
出 版 者	中国民族文化出版社	
	地址：北京市东城区和平里北街 14 号	
	邮编：100013	
	联系电话：010-84250639　64211754（传真）	
印　　装	三河市同力彩印有限公司	
开　　本	145mm×210mm　32 开	
印　　张	7	
字　　数	133 千	
版　　次	2025 年 6 月第 1 版第 2 次印刷	
标准书号	ISBN 978-7-5122-1456-9	
定　　价	38.00 元	

此书献给

行善积德求内心安宁的人
以及善良感恩的奥氏族人

一个家族的历史通常是一个民族历史的缩影，而一个民族的历史往往充满刀光剑影，血雨腥风，苦难记忆，也留下美德与荣耀的传奇与传说，还有永不熄灭的希望之火。

读中国历史，令人想起元朝和成吉思汗。

笔者一直认为，成吉思汗是近一千年来，我中华民族的一位英雄人物，让我中华儿女感到几分自豪。

元朝曾经真正统一中国，元朝的版图奠定了今天中国作为世界大国的地位。成吉思汗是元朝的实际奠基人，被其孙元世祖忽必烈尊奉为元太祖，实至名归。

我们相信，在成吉思汗曾经纵马驰骋的美丽绿草蓝天下，蒙汉等各民族共同建设和谐而富庶的大草原。我中华民族美德之一是珍惜同胞之情、互帮互助、血浓于水。

元代，从"黄金家族"内部的角度看，成吉思汗之后，汗权在窝阔台系接力了22年（从1229年窝阔台登上汗位经历了乃马真后称制、贵由汗、海迷失后称制，到1251年拖雷长子蒙哥称汗），然后汗（皇）权一直在拖雷系内部传承。

本书主角奥[①]氏家族的精英人物奥屯世英，他忠孝兼备，英勇作战，屡建奇功，赢得了铁木真第四子拖雷的喜爱和信赖，与拖雷家族建立了真诚亲密的关系，世代传承直至元朝灭亡。一时的欣赏和信任很容易，长久的信赖和真诚却很难。

成吉思汗在萨里川哈老徒行宫驾崩时，奥屯世英跟随拖雷王子一起，就在成吉思汗身边。见证了斡耳朵内所有人的巨大悲痛，只能低声抽泣。因为要"秘不发丧"，所以除宿卫的怯薛军，外人不知。

在灭亡金朝的最重要的战役三峰山之战进行过程中，跟随拖雷统帅的西路军克凤翔，出大散关，横扫河南，席卷中原，奥屯世英率领三千轻骑兵正面袭扰敌军主力，创造了一种有名的以少胜多经典战术，和"敌进我退，敌驻我扰，敌疲我打，敌退我追"很相似。

蒙古帝国的军队还有更厉害的群狼战术。正面佯攻，侧翼包抄，不断骚扰，迷惑敌人，让敌军寝食难安，饥寒交迫，斗

[①] 金朝称"奥敦"，元朝改作"奥屯"，明朝后，简化为"奥"。

志全无，然后故意围三缺一，制造死亡恐慌，同时给予敌人逃生的希望，最后全歼夺路逃命的敌军。

奥屯世英在三峰山之战担任前锋并立下赫赫战功。后来在他被授军民万户兼管河中府时，又以不战而屈人之兵的策略，劝降了天和堡、人和堡。奥屯世英把特有的群狼战术运用得炉火纯青，同时运用兵法"攻心为上，攻城为下"。他和拖雷都可被称为战神，因而惺惺相惜。他曾英勇救主，在拖雷意外死亡之际，世英就在其身旁，抑制不住地号啕大哭。与拖雷家人一道，护送拖雷灵柩到不儿罕山的归宿处。

在拖雷一家处于无助困境之时，拥有相当军权的奥屯世英，婉拒了窝阔台大汗的利益拉拢，坚定无畏地告诉窝阔台大汗：我一直隶属四王子府，如果我答应你的安排去做河中府尹，我还有何面目见唐妃（拖雷正妻唆鲁禾帖尼）母子？大汗一听"始怒而后喜"。拒绝大汗的好意，敬酒不吃吃罚酒，那是要冒巨大风险的。唐妃知道后很高兴，特意亲自为奥屯世英缝制了一件红色锦袍，肩部绣了一个金色的手掌印，表示真诚信赖与永远的"安达"（蒙古人称无血缘关系的生死之交为安达）。

1253年奥屯世英去世后，他13岁的长子奥屯贞，奉诏去和林觐见蒙哥大汗。小小年纪就"袭万户，佩金符"，继承了其父的荣耀与官职，蒙哥汗还特意下诏嘉奖。

蒙哥汗九年（1259年），奥屯贞率两万多人马与汪德臣等人一道，随蒙哥汗进攻四川，在攻占重庆、嘉定（今乐山）等地时立下战功。后与蒙哥主力在钓鱼城下会师，奥屯贞与前锋总帅汪德臣一道到钓鱼城下巡视，汪德臣向城上喊话，被一箭射中倒地而亡；奥屯贞亦目睹蒙哥汗战死——宋军以炮石轰击望楼，当时正在望楼旁擂鼓督战的蒙哥汗被倒塌的望楼砸伤而亡。[1]"上帝之鞭"在钓鱼城折断。他与蒙哥儿子昔里吉和四川行省总管钮凌等人一起，护送蒙哥汗遗体北归。他的部队没有被阿里不哥的亲信浑都海、刘太平等拉拢，而是在廉希宪的说服下，跟了忽必烈。忽必烈即帝位后，赐予奥屯贞"黄白金锦衣"。

奥屯世英之弟奥屯保和，后来成为元朝有名的劝农官，统帅两万多兵士在中山（今河北正定一带）开垦近30万亩耕地，相当于农垦兵团司令，为当时国家的经济发展和粮食供应做出了巨大贡献。在完成汗廷的上交军粮任务之后，对剩余部分有相应规定的奖励和分配权，所以成为合法巨富。而他的一个儿子奥屯希鲁（字周卿）成为有名的元曲家。一边做官管民，一边写诗咏曲，一边扶贫助学，好不优雅自在。另一个儿子奥屯希尹则是元朝的名将，与史天泽一起为元世祖忽必烈平定李璮之乱立下战功。

---

[1] 蒙哥死因史学界有争议，多数认同得疟疾而亡。

有元一代，奥屯家还出了个当时闻名的女道士奥屯妙善。她内外兼修的美名传遍全国，受到忽必烈内宫察必皇后和贤妃的喜爱和尊崇，两次被邀请入宫讲道，并被赐予圣女金冠、云罗法服等信物，成为一时美谈。

本书通过对兴起于金、元时代的一个贵族家族——奥氏家族近千年真实历史演进和风云传奇的讲述，展现一段真实历史之脉络，震撼人心之史诗。

这些被历史尘封的真情与隐藏于历史中的重要事件，那万马奔腾、波澜壮阔时代的故事，请听我娓娓道来。虽然岁月流逝，往昔荣耀不再，但旷世美德犹存，仍然激励我们充满信心，踏实前行。愿本书读者，以及行善积德感恩报恩的人们，平安安宁。

目 录
CONTENTS

第一章

岁月流逝，内心安宁

天下兴亡百姓苦，唯变不变求心安。

【中昌】山坡羊·潼关怀古

〔元〕张养浩

峰峦如聚，

波涛如怒，

山河表里潼关路。

望西都，意踌躇。

伤心秦汉经行处，

宫阙万间都做了土。

兴，百姓苦；

亡，百姓苦。

安宁，是人间最高贵、温暖、永恒的心灵需求。

安宁，也是大小成功者最终检验其是否真正成功的试金石。人们往往对安宁求之不得，对祸祟避之不及。

所谓成功，就是得遂所愿，甚至是取得超过自己预期和想象的成果、成就。可是成功之后又怎么样呢？有些人疲于守成，焦虑发展，愁肠百结，惶惶不安，甚至不久之后就失败、崩溃，结局悲催。正应了《桃花扇》里的悲歌之意境："眼看他起朱楼，眼看他宴宾客，眼看他楼塌了。"

那不是真正的成功。什么是真正的成功？

真正的成功应是：

第一，成功不以害人利己而成就辉煌，成功者因缘际会，抓住时机拼搏奋斗，问心无愧，感到心里踏实。

第二，所做之事有益于天下大众，惠及子孙后人。

第三，成功者美德美名传天下，岁月流逝，内心安宁。

作恶而大成者，内心岂能安宁？因此无论他在他的时代是多么的富贵荣华，多么的威权赫赫，也不是真的成功。

真正的成功，是不问成败和成就大小，其内心安宁。而安宁的"安"，寓意平安，包含家族和子孙的长期平安和谐，没有各种无妄之灾。"宁"，指无论年轻力壮还是年老体弱，内心平静祥和，风轻云淡，有真平常心。对迄今为止自己所作所为，扪心自问，其心无愧。正如《孟子·尽心上》所言："仰不愧于天，俯不怍于人。"这里的"天"不是指自然的天空，而是儒家理解的主宰人间万事万物之灵。达到"独行天下浑不怕，夜半敲门心不惊"，方是安宁的境界。

安宁就是：也许岁月并不静好，人生并不平顺，然而你依然能唱诵"但愿人长久，千里共婵娟"。安宁也是：宁传后人美德以求心安，不为也不让儿孙做马牛。

正如明朝三不朽圣人王阳明临终寄语："此心光明，夫复何言。"此处"光明"亦可理解为：内心安宁。

奇怪的是，中国自古以来，先贫穷而后富贵或者权势显赫的家族，往往能够共患难，却不能同富贵；先富而后穷或者家道中落者，往往能同富贵却不能同患难。什么原因使然？这其中有各种不同缘由，时势逼迫，价值观不同、人性、修养、家风各异等。而本书所叙述的奥氏家族，在金朝，他们是功臣加皇亲国戚；在元朝，他们是黄金家族主流拖雷系忠贞不渝的"安达"和掌握军权并管理百姓的万户之一，即万户侯兼地方大员。当金朝发生内讧，为权力争斗，海陵王完颜亮残杀完颜宗族之时；当蒙古帝国黄金家族为权力内斗，相互攻讦之时，奥氏家族却奇迹般安然无恙，躲过各种明枪暗箭，不，是明枪暗箭躲着他们。他们奥氏家族虽然接近权力中心，但从不争权夺利，不拉帮结派，也从不选边站队，因而不受权力斗争戕害和误伤，平平安安。奥氏家族近千年来，不仅能同患难而且能同富贵、同贫穷。是的，无论在他们是显赫贵族的金代、元代，还是在他们家族从贵族转变成平民百姓的明朝以后，奥氏家族的人都很团结，互帮互爱，其根源在于，这个家族精英所具备的各种美德，传给了后人。

人人渴望健康幸福，事业成功，可是没有内心的安宁，无论如何努力拼搏，终将一事难成，或者功亏一篑；即使侥幸成功，成功必是短暂的，后患是无穷的。每个人的人生都蕴藏不确定性，唯一确定的就是不确定，佛语称为"无常"。人间的成败、生死、幸与不幸，我们无法预料，但是，若我们做人做事问心无愧，那就是走上了成功之道。如果专注自己擅长的事情，抓住和把握机遇，那么不仅能取得各种成就而且能得到内心安宁，这才是真正的成功。

那我们到底能做些什么呢？为善。

北宋政治家、文学家欧阳修认为："为善无不报，而迟速有时，此理之常也。"（《泷冈阡表》）

意为：做了善事必有福报，时间迟早而已，这符合常理。

诗与远方的美好缘分

是的，这首诗所咏之处就是我梦中的远方。

敕勒歌

北朝民歌

敕勒川，
阴山下，
天似穹庐，
笼盖四野。
天苍苍，野茫茫，
风吹草低见牛羊。

许多人曾羡慕陶渊明不为五斗米折腰的骨气，他为自由和自尊，毅然脱离体制，挂印而去，归隐田园，悠然栖居在南山下，也许有些清贫寂寞，衣食有忧，但自由自在，诗意蕴于心灵，耕耘赏菊访邻，竟然赢得千秋美名，令古今欲归隐而未能归隐的人们羡慕不已。

2015年，笔者从四川乐山绕云南香格里拉，经宁夏银川来到内蒙古。我想由西向东横穿内蒙古大草原，第一站，选择了鄂尔多斯（斯，指复数。鄂尔多斯蒙古语意为"众多的宫殿"），因为那里有成吉思汗陵，我要先去参拜。我的认知和感觉告诉我，成吉思汗去世时的"萨里川哈老徒行宫"并不在六盘山，也不在克鲁伦河上游，那离西夏太远，而应该在伊金霍洛（即蒙语：圣主的陵园）的大斡耳朵的山坡上。

"萨里川"意为黄色的平地。夏季的东胜，黄花遍野。传说成吉思汗当年曾经在此投鞭指认自己灵魂归属之处。据《蒙古源流》和《蒙古黄金史》记载的一段历史传说：1226年，成吉思汗出征西夏，路经木纳山以南的木纳呼格布尔（即今伊金霍洛），看到那里水草丰美，梅花鹿出没，不禁发出由衷的赞叹："这里是梅花鹿儿栖身之所，戴胜鸟儿育雏之乡，衰落王朝（此处可能指匈奴）振兴之地，白发老翁享乐之邦。"

1227年成吉思汗驾崩，传说当运送灵柩的灵车行至伊金霍洛时，灵车车轮突然陷进泥泽里移动不得，套上几匹骏马都拉拽不出。此时，护送者回想起成吉思汗的赞美语，于是将其"毡包、身穿的衫子和一只袜子"安葬，营造了万世的陵寝。在成吉思汗八白宫珍藏的文献《当色·查干》(《白史》)中还记载道："鄂尔多斯'乃是成吉思汗八白宫始建的地方'。"

微风习习，蓝天绿地，仿佛草原在对远方客人微笑。

鄂尔多斯是个美丽而充满魅力的地方。明净的天空，清新的空气，山花烂漫，夏季凉如秋。如今已建设成高楼林立的现代化都市，有各种奇异美丽的建筑物，但民风依然淳朴有情。

当年元世祖忽必烈的智囊大臣刘秉忠路过此地，诗情勃发，写过一首咏颂鄂尔多斯（东胜）秋色的诗《东胜道中》：

草原之神栖息处，成吉思汗陵

天荒地老物消磨，

赢得诗人感慨多。

两鬓黄尘秋色里，

又投东胜过黄河。

　　如今鄂尔多斯修建得很美，很有"草原都市＋魔幻"特色，是那种自然与现代混搭之美。告别往昔的天荒地老和黄沙漫天，在东胜市区或者康巴什晨雾中，城市恍若草原的海市蜃楼。若刘秉忠在秋天穿越而来，不会再是"两鬓黄尘秋色里"，而是"七彩斑斓秋色里"，不知是否依然有充满诗意的"感慨多"？

　　其实我不想走，我想留。走了我还要来。

　　我曾经悄悄祈愿老天，赐我真爱，让我找到一位健康、贤

鄂尔多斯，自然与现代混搭之美

鄂尔多斯，自然纯净之美

淑和温柔的鄂尔多斯女人，在这最美的大漠绿洲，与她共度余生。我单身数年，女儿已长大自立，我想在梦中的诗与远方寻找自己的第二春，遇见春天里的那个人。

结果，我的梦想竟然实现了！两年后（2017年），有人给我介绍了一位鄂尔多斯女性。开始时，我们经朋友交换了微信，我看她的照片，并不惊艳，具有含蓄之美，很有女人味，感觉不错。不知道对方瞧得上咱不？管他呢，随缘吧。隔了几天，她主动来电话，在了解了我的情况后，问我对伴侣有何要求？我答，只有两条：一是健康；二是脾气好。因为只有健康才能幸福；脾气好的女人心地善良，家庭才能和睦。我不喜欢吵架。她告诉我说："我身体好，脾气也好。我的父亲88岁，

鄂尔多斯夜景，恍若天堂之美

母亲83岁，他们也很健康。我符合你的条件。你愿意来鄂尔多斯生活吗？"那声音温婉秀气。

我沦陷了，在她温柔的气息里。

我告诉她："我有健康的体魄和宽广的胸怀，无任何拖累与不良嗜好。如蒙不弃，我将与你分担家务，共同孝顺老人。我的父母已不在了，你的父母就是我的父母。咱们和和美美过日子，健健康康到白头。"

我说到做到了，她被我宠成公主。令人难忘的是，她驾车带着我去苏泊罕草原，我们一路唱着那首《陪你一起看草原》，悠扬的歌声从车内飘出，在空旷的草原上飘荡，幸福感充盈在我们心田，使人忘却半生烦恼和忧愁。

真的有个心爱之人陪你一起去看草原，那是何等的幸福？想想心里都醉了。到了草原，必须骑马，我让牧马人为她牵来一匹漂亮又高大的枣红马，她在内蒙古草原长大，居然是第一次骑马，她说好开心啊！

　　我感激她主动来电联系我。因为朋友介绍后，我竟忘记了此事。我对爱情和姻缘，向来抱着守株待兔的心态，顺其自然就好，但我相信缘分。不负天意，跟我相处后，她感觉很幸福，说是老天派我来照顾她的。她幸福我也就幸福了。后来她告诉我，一听到我的声音，她就被吸引住了。原来男女之间说话声音是否悦耳好听也很重要。

　　我的女朋友姓奥，极其稀罕的姓，我是第一次听说这个姓。她的大弟弟奥凤廷是一位商人。一次家庭聚会，凤廷对我说了两件事：其一，他正在组织人续写族谱，希望我帮助查找相关历史资料，包括正史、野史、地方志、碑记等；其二，他想组织奥氏全家三十多口人，带上耄耋之年的父亲和母亲一起出国旅行，一是对还能走动的父母尽孝，二是增进兄弟姐妹和整个家族的感情，三是让小孩子增长见识。出国旅行目的地选择日本，因为比较近，坐飞机很快就到，而且文明干净，饮食也比较清爽美味，老少咸宜。

　　他知道我曾留学日本，懂日语，希望我一起去。他承担全团所有人的费用。我最终允诺。

　　回国时，作诗一首以记之：

伴奥氏家族游日本

和谐家族东瀛游，

四世同堂出神州。

隔海万里一衣带，

徐福鉴真慕今秋。

因为与她有缘，我结识了这个和谐大家族。也算是因缘际会，于是有了写作这本书的动因。

由于我国实行计划生育政策几十年，估计现在中国的大家族越来越少。即使在农村或村镇里还有少量大家族，可是他们往往受到贫困、疾病、时间等限制，或许大家族内各个小家庭

奥氏家族旅行团32人在北海道洞爷湖留影

奥氏家族32人旅行团到达大阪空港

之间相处并不和谐，更遑论一大家族一起出国旅行。而奥氏这个家族不仅和谐相处而且处处好运，事事顺利，例如我们去日本旅游是在 2018 年 8 月 10 日至 22 日，之前那里是狂风暴雨，洪水泛滥；我们游玩本州、北海道回来之后不几天，日本北海道就发生大地震，大阪刮超级台风，死伤不少人。而我们在日本的 13 天里风和日丽，花团锦簇，平平安安。

第三章

金元交替，命运迥异

眼儿媚

〔北宋〕赵佶

玉京曾忆昔繁华，
　　万里帝王家。
　　琼林玉殿，
　　朝喧弦管，
　　暮列笙琶。

花城人去今萧索，
　　春梦绕胡沙。
　　家山何处，
　　忍听羌笛，
　　吹彻梅花。

宋徽宗赵佶这首《眼儿媚》，写得惆怅凄美，可媲美宋朝王安石之子王雱那首凄婉的《眼儿媚》：杨柳丝丝弄轻柔，烟缕织成愁。海棠未雨，梨花先雪，一半春休。而今往事难重省，归梦绕秦楼。相思只在，丁香枝上，豆蔻梢头。

在查阅奥氏历史资料过程中，我了解到这个家族是女真人的后裔，在金、元时代是显赫的贵族。有记载的一世祖奥屯黑风，就是与岳飞交过战的"黑风大王"（后面有专章叙述他的故事），后来战死沙场，被金朝追封为异姓王。这个家族的男子，多是娶金朝完颜宗室家的女儿为妻（如奥屯世英的母亲就是完颜氏，而他的原配夫人也是完颜宗室之女）；奥屯家的女儿，则往往嫁给皇室为嫔妃或皇后。这种与金王朝帝王家互为儿女亲家的特殊关系，不是一般外戚，而是功臣加皇亲国戚，是非常特殊的荣耀。而且这个家族由于有公认的美德，从不争权夺利，不受内部权力斗争的戕害和误伤，古今中外罕见。

在金朝，他们叫"奥敦"或"温敦"（是女真语ODENHALA 的音译）。至元朝以后，受蒙古语发音的影响，"奥敦"改作"奥屯"。进入明朝后，由于明太祖朱元璋不许民众用胡姓，许多汉地的少数民族被迫改姓，比如完颜氏后人改姓王，木华黎的后人改姓了李。而奥屯氏只是去掉了"屯"而姓奥。这样既不违反明朝王法，又不丢了本来的姓，表达了对祖先的尊崇和感恩之情。

1234 年正月初十，金朝立国 119 年后，被蒙古铁骑灭亡。灭国之际，蒙宋联军包围金帝逃亡中暂居的蔡州（今河南省汝南），年仅 36 岁的金哀宗完颜守绪在蔡州自尽，刚刚继位的金末帝完颜承麟死于乱军之中。遭蒙古军俘获的金王朝后妃、宗室 500 多人，被装上车押赴都城和林。在押送北去的路上，蒙古军主帅速不台下令从车辆中一一甄别出梁王完颜从恪、荆王完颜守纯等所有金朝宗室，确认他们的身份之后，将高于车轮的男性，统统赶下车，排在路边屠杀掉。

速不台奉命行事，报了成吉思汗的叔祖俺巴孩汗被金朝惨杀之仇，以及金朝羞辱杀害蒙古使节唐庆一行之恨。金世宗时不仅要蒙古纳贡，还每三年遣兵向北剿杀，谓之"减丁"，激起蒙古人怨怒，形成蒙金世仇。

蒙古帝国时期，奥屯家族的命运与完颜家族截然不同。奥屯世英由于得到成吉思汗的欣赏并深受成吉思汗最爱的儿子四王子拖雷的信赖与喜爱，加上立下赫赫战功，被授予"军民万户"，可便宜行事，并"赐金虎符"。（相当于既统军又管民，有先斩后奏之权，一品大员，是全国七个汉军万户之一。）

奥屯世英死后被封为"丰元郡侯"，子孙承袭。

我们将从奥屯世英与成吉思汗以及拖雷一系黄金家族的亲密关系说起，依据真实的历史脉络，来讲述金元时期，被历史烟尘埋没的一些重大历史事件及重要历史人物。

第四章

英雄白发，落日余晖

破阵子·为陈同甫赋壮词以寄之

〔南宋〕辛弃疾

醉里挑灯看剑，
梦回吹角连营。
八百里分麾下炙，
五十弦翻塞外声，
沙场秋点兵。

马作的卢飞快，
弓如霹雳弦惊。
了却君王天下事，
赢得生前身后名。
可怜白发生。

一统天下事未了，可惜可汗魂归天。

1227 年五六月，万里西征归来，想一举灭亡西夏的成吉思汗在六盘山避暑、避地震。成吉思汗非常厌恶西夏国，不亚于对花剌子模国的讨厌。八年前，西夏曾经假意依附，与蒙古结盟抗金。本来成吉思汗要求西夏出兵一同西征，遭到西夏王拒绝，西夏大臣阿沙敢还直接对蒙古使者说："力既不足，何必为汗。"羞辱蒙古大汗，这严重刺伤了成吉思汗的自尊心，再加上西夏背叛导致木华黎过世，所以成吉思汗对西夏恨之入骨，必欲灭之而后快。

　　当时甘州、凉州、灵州以及整个河西走廊，均已被成吉思汗收入囊中。西夏军队残存主力嵬民令公的十万援军，在蒙古军围城打援过程中，已基本被歼灭，而西夏王城中兴府（今银川），则被蒙古大军层层包围。围城数月之后，中兴府城内弹尽粮绝，已发生人吃人惨况。此时又发生了大地震，中兴府房屋大量倒塌，伤残者众多，大量遇难百姓尸体被压在废墟下无人收敛，恶臭熏天。据史书记载："地大震，宫室多坏，王城夜哭。"当时西夏末帝李睍派人向蒙古大军投降，并悄悄送妻儿逃离，结果被蒙古军逮住，送往成吉思汗行宫。李睍要求成吉思汗宽限一个月，待其收拾打扫城内尸体和祖庙的残垣断壁，然后便束手就擒，条件是不屠城。成吉思汗表示同意，这符合他与长春真人丘处机相会以来的心态：尽量少杀，最好是不战而屈人之兵。

在等待李睍来降的那一个月，成吉思汗离开六盘山大营，巡视了清水县西江等地，来到了东胜附近的（今鄂尔多斯东胜区）"萨里川哈老徒行宫"。据元史记载：

"五月，遣唐庆等使金。闰月，避暑六盘山。六月，金遣完颜合周、奥屯阿虎来请和……是月，夏主李睍降。帝次清水县西江。秋七月壬午，不豫。己丑，崩于萨里川哈老徒行宫。"

这段文字包含了三条信息：一是（1227 年）五月，成吉思汗派遣唐庆等人出使金国；二是六月，在萨里川哈老徒行宫接待了金朝派来请和的使者，他们是金朝宗室完颜合周和金朝礼部尚书奥屯阿虎。三是不到一个月，秋七月中旬，成吉思汗突然感到身体不适，不久在萨里川哈老徒行宫逝世。

在成吉思汗去世之前几日，有两位奥屯家族的人觐见了一代天骄。一位就是跟随拖雷王子的奥屯世英，另一位是奥屯世英的族叔，金朝派来讲和的大臣奥屯阿虎。奥屯阿虎的父亲奥屯忠孝是金大定二十二年（1182 年）状元，他自己则是金大定二十八年（1188 年）进士。

奥屯阿虎是金朝有名的大臣。他之所以有名，除了他是状元之子又是考上进士的超级学霸外，还有一个重要原因。据《金史》记载："丁酉，诏诸色人迁官并视女直（真）人，有司妄生分别，以违制论，从户部郎中奥屯阿虎请也。"

译文：丁酉年，皇帝下诏称全国各族人担任官职应该与女真人一视同仁，若有关部门擅自搞各种不平等不公正的举措，就以违法违规论处。同意奥屯阿虎的奏请。

奥屯阿虎是异族入主中原后，最早倡导和践行各民族一律平等这一观念的。他与耶律楚材的父亲耶律履曾同朝为官，耶律楚材小时候就闻知其名，他向成吉思汗不无赞许地介绍了奥屯阿虎的情况。

那是 1227 年农历六月下旬的一天，下午四五点，太阳偏西，凉风习习。奥屯阿虎一行带着岁币和丝绸礼品，经过两个多月的步行和车马颠簸，在蒙军的引路下，终于来到了萨里川哈老徒行宫。当时成吉思汗的谋臣耶律楚材就在斡耳朵大殿里，二王子察合台，四王子拖雷及奥屯世英，老将博尔术、赤老温等人站立两旁。成吉思汗坐在大汗宝座中间，他两旁坐着也遂皇妃和公主皇妃（金朝的岐国公主）。那时忽兰皇妃已去世，也遂皇妃主要侍驾，因为金朝使团来，特请公主皇妃来作陪。

耶律楚材和奥屯世英等到斡耳朵大殿门口迎进金朝两位使臣完颜合周和奥屯阿虎，使臣们按礼仪向成吉思汗行右手抚左胸的单膝下跪之礼。

成吉思汗高兴地说："你们远道而来，一路辛苦了！朕这里还有一位姓奥屯的。"他指着年轻的奥屯世英说："你们奥屯家的人，各为其主，干得都不错嘛，哈哈！"成吉思汗爽朗地笑了，耶律楚材在一旁翻译。奥屯世英出列行礼，用女真语说道："见过阿虎叔叔。"

简单寒暄之后，奥屯阿虎勉励世英：好好干，咱们各为其主，各尽其忠。并代问世英父母大人好。世英的父亲叫奥屯润僧，曾任金朝昭毅大将军、新平县令，与奥屯阿虎是同爷爷的堂兄弟。世英见叔叔理解自己，人情通达，心中忧虑松缓，目闪感激泪光。也问候阿虎叔叔全家好，请多保重。在异国他乡亲人偶然相逢是意外惊喜。

成吉思汗在大汗宝座上，看到两位奥屯家族的人相互勉励祝福，很是高兴，于是当着金朝使者的面说道："朕自去冬五星聚时，已尝许不杀掠，遽忘下诏也。今可告中外，令彼行人亦知朕意。"

译文：朕去年冬天五星聚天时就允诺今后减少杀戮，对不抵抗者免杀，后来竟忘了下正式诏书，今天就让他们写成诏文布告天下，让他们皆知朕的仁慈胸怀。

成吉思汗实际上是在做统战工作，恩威并举，震慑西夏和金朝。言下之意是：抵抗者死，不抵抗者活。

"不杀掠"，是成吉思汗当着金朝使者的面承诺的。可是，不久成吉思汗突然驾崩，事态就完全改变了。西夏末帝李睍来投降，立即被扑杀，中兴府也被屠城。

这时天边的晚霞形成金红的火烧云。成吉思汗下令摆宴款待金朝讲和使团一行。烤全羊、马奶酒、炖牛羊肉、山野苦菜、马齿苋等纯天然的美味，还有二十多个盛装蒙古姑娘在篝火旁边翩翩起舞。马头琴时而欢快时而呜咽，随军歌手抒情地演唱蒙古民歌。奥屯阿虎也被邀请和大家一起踏着舞步。他这次任务圆满完成，为金朝争取了五年和平时间。可惜金朝已是病入膏肓，继续浪费这宝贵的和平时光。顺便说说那位奉成吉思汗之命出使金朝的汉人唐庆，他的任务也完成得好。按成吉思汗意思，抚慰金朝，说是"咱们蒙、金和平友好"，免得金与西夏结盟，等解决西夏之后一切再论。但四年后唐庆奉窝阔台大汗之命再度出使金朝，让金帝放弃帝位可称王，结果惹恼金朝君臣，在汴梁被杀；而奥屯阿虎在金被灭国之后得到善终。

这时的成吉思汗六十五岁，已是白发银须，但面色红润，显得健康而精神矍铄。谁料想，他仿佛是落日余晖，"夕阳无限好，只是近黄昏"。

生是偶然，死是必然，虽云天之骄子，谁也无法万岁。

此时的成吉思汗也有遗憾不舍，但绝无后悔不安。他历经苦难，统一蒙古草原，灭国四十，为子孙留下广袤的超级帝国，接班人已经选好，虽对最爱的幼子拖雷有所偏心，但成吉思汗已做出了当时最明智的安排：让三子窝阔台继承汗位，按嫡幼子守灶传统，四子拖雷继承主要财产。但是，汗位的接班体制存在巨大缺陷，还要召开库里台大会，由蒙古王公大臣和贵族那颜确认。这为以后元朝政权交替留下巨大的隐患，这是后话。可以说，元朝政权的最后崩溃，不是被红巾军以及朱元璋等人打败的，而是亡于权力内讧，是自己搞垮自己的。

当然还有民族不平等的问题，也是日后大患。假定奥屯阿虎在元朝为官，并且他的民族平等政策建议被元朝皇帝采纳，那么元朝的民族矛盾就不会那么尖锐激烈，元朝的国祚或许会延长多年。因为元朝国土如此广袤，没有外患之敌，能打倒自己的只有自己。

据说图中的成吉思汗画像是 1278 年元世祖忽必烈在元大都命宫廷画师按记忆画的，这幅元代画像真迹收藏在中国历史博物馆。台北故宫博物院收藏的一幅据说是明朝人临摹的。

成吉思汗画像 忽必烈画像

　　忽必烈画像，是至元十五年（1278 年）画于元大都，忽必烈时年 64 岁。

　　这两张画像出于元朝同一个画家刘贯道（一说和礼霍孙）之手。特别是忽必烈画像是真人写真，可信度高，不像朱元璋的画像，真假难辨。忽必烈说自己很像爷爷。耳朵、脸型、眉眼等神似。所以画家把成吉思汗与其孙忽必烈的脸型画得很相像，成吉思汗的容颜是不怒自威而智慧的样子，忽必烈的容颜显得慈祥而大度。

　　成吉思汗统一蒙古，奠定了大元的基础；而忽必烈统一中国建立元朝。成吉思汗和元世祖忽必烈皆有不可磨灭的重要历史贡献。

第五章

一代天骄，难忘往事

西　征

〔元〕耶律楚材

西望月窟九译重，
嗟乎自古无英雄。
出关未盈十万里，
荒陬不得车书同。
天兵饮马西河上，
欲使西戎献驯象。
旌旗蔽空尘涨天，
壮士如虹气千丈。
秦王汉武称兵穷，
拍手一笑儿戏同。

成吉思汗虽有其历史局限性，但不可否认的是他是我国古代杰出的政治家、军事家。

关于成吉思汗的评论和研究不计其数。我今从独特视角和细节来探索他的人格、非凡智慧，以及他的勇气胆魄。在他的时代，蒙古尚没有文字，所以他不能写诗填词，成为诗人，但他尊重爱护文化人。

他亲切叫满腹经纶的耶律楚材为"吾图撒合里"，意为胡子长的人；见了白须飘飘仙风道骨的丘处机，成吉思汗叫他"老神仙"，亲切尊重。而对于奥屯世英，成吉思汗直呼其小名"大哥"以示亲昵。

成吉思汗的用人之术非常高明，发现才华，直取其心。让人心甘情愿，忠心耿耿，至死不渝。他的戎马一生，几乎没有背叛者。比如木华黎，成吉思汗发现他不仅忠心耿耿，而且才华横溢，战功赫赫而从不居功自傲，后来封他为太师国王。木华黎是元朝时期第一位异姓王，成吉思汗西征时，木华黎受信任而独当一面，总领漠南军政要务。其子孙继承国王并受到重用。木华黎的四世孙安童，在元世祖时官至宰相。

成吉思汗虽知人善任，但在最初见面时有以貌取人的倾向，他比较喜欢身材清瘦而结实，长相俊朗而美髯飘飘的男子，比如长胡子耶律楚材、白须翁丘处机，还有美髯俊男奥屯世英。成吉思汗觉得美髯男子有勇有谋，是他潜意识里的英雄形象。最初耶律楚材还不太知名时，成吉思汗就信任而重用他。史载初见奥屯世英时，成吉思汗便喜欢这小伙子，把他安排在爱子拖雷王子帐前听命，"赐虎符，隶朵火鲁彻立部下"，即拖雷的贴身怯薛军，在最关键的时候作为机动预备队来使

奥屯世英画像，族人经历沧　元青花萧何月下追韩信图梅瓶
桑岁月珍藏至今

用。拖雷常常跟随父亲，所以奥屯世英也时不时出现在成吉思
汗眼前。

上图中的元青花萧何月下追韩信图梅瓶收藏于南京市博物
馆，是该馆的"镇馆之宝"，也是"青花三绝"之一。图中萧
何戴的官帽，是按元朝一品官的官帽样式画的，两边横置上翘。
与奥屯世英画像所戴元朝一品官帽形态是一致的。

一、成吉思汗的性格特征

杀伐果决而不乏仁慈之心，这是雄才大略的君王之必备性
格。所谓对敌人要狠，对待自己人要如春风般温暖。典型的是
争夺草原霸权的"十三翼之战"。那位成吉思汗的昔日安达，
野心勃勃且残暴无道的扎木合，联合各部偷袭铁木真（那时还

未称汗），开始时铁木真惨败，损失惨重。得胜的扎木合得意忘形，为树淫威，无所不用其极，他残酷地戕害俘虏，竟然用七十多口大锅将被俘的铁木真手下烹煮了，饱含血泪的惨叫刺耳，草原旷野瘆人！跟随扎木合的其他部落的人对如此惨绝人寰的暴行看不过去，纷纷悄悄离扎木合而去，投奔了铁木真。所以，"十三翼之战"铁木真虽败犹胜。最终反败为胜，灭了不得人心、残暴无比的往昔"安达"扎木合。

成吉思汗对俘获人员，除了将卖主求荣者格杀勿论外，一般采用化敌为友、为我所用的方针，这是一种高明的建立统一战线的政策。避免战俘沦为奴隶，把他们编入各战斗部队，如果他们作战英勇，将功赎罪，那么他们将被一视同仁，获得晋升。所以成吉思汗麾下将士作战勇敢，争先恐后，而且英勇善战。日本有一种"将棋"，对弈时，吃掉对方的子，反过来就作为自家棋子使用。这跟成吉思汗用兵很像。

当年金废帝海陵王完颜亮残杀宗族，不体恤将士，一意孤行，后方发生宫廷政变，当时他正率领数十万大军进攻南宋。得到后院起火的消息后，他仍强行命令部队渡江作战，将士几番受挫，因怕完颜亮暴怒而被罚，发动兵变，海陵王竟死于手下惊恐之兵变。

相比之下，成吉思汗讲诚信，恩威并施，令部下信赖。成吉思汗能充分调动部下的忠诚勇敢和积极性，信赏必罚，一生不杀功臣，算是天下明主，仁慈之君。

二、成吉思汗远征花剌子模国

花剌子模商人常常来蒙古草原贩卖货物，为互通有无，成吉思汗派出 500 人的商队满载珠宝和珍稀皮草，去古丝绸之路的花剌子模国做生意。在讹答剌 (Otrar) 城，蒙古商队的奇珍异宝引起了一个叫亦纳勒出的贪婪城主的眼红，他是国王的亲表弟，仗着太后姨妈的庇护，向来无法无天，为所欲为，亦纳勒出命令军队晚上包围了蒙古商队的驻地，把蒙古商队的全部货物没收，并把商队人员全部抓起来，以间谍之名统统杀掉。仅一人因到野外如厕侥幸逃脱。他好不容易逃回蒙古草原向成吉思汗报告了商队人员全部被杀的惨状，凶手就是讹答剌城主亦纳勒出。

成吉思汗如受奇耻大辱般难受，气得满脸通红。他冷静下来，思虑再三，决定先礼而后兵，派一个三人使团去向花剌子模国王投诉并要求赔偿和道歉。三人使团见到国王，向其递交了成吉思汗的国书，并投诉亦纳勒出的暴行。胆大包天的亦纳勒出被招来询问，他不仅不承认罪行，反而诬陷蒙古商队是来搜集情报的，并说如不早加防范，将来悔之晚矣。那个国王是个害怕老妈、缺乏主见之人，还是个只愿听好消息，不喜欢听坏消息的人。

后来，蒙古帝国大军远征中亚西部地区，一举灭亡了花剌子国。

最后，花剌子模国竟然杀了蒙古使团中的一个人，另两个人被剪掉胡须放回。真是欺人太甚，奇耻大辱！后来的故事大家都知道，成吉思汗登上蒙古圣山不儿罕山，三天三夜不吃不喝，不言不语，默默祷告长生天保佑，下山后起二十万复仇之师，御驾亲征花剌子模国，让这个一度为古丝绸之路上霸主的大国灰飞烟灭。

利用权力来杀人越货的亦纳勒出被捉住后，被装入铁笼子，送到成吉思汗大营。成吉思汗数落他贪婪杀人、污蔑商队的罪行，判处其吞银之刑。

三、创造系统是超级智慧

成吉思汗在攻城后，为了加强对占领地的管理，采纳三子窝阔台建议，把攻占下的城市土地作为子孙们的永久封地，派人留守管理——既扩大汗国疆域，又杜绝反反复复叛乱危局。比如大儿子术赤，就得到花剌子模的旧都城玉龙杰赤城（今土库曼斯坦库尼亚 – 乌尔根奇）作为封地。二儿子察合台，三儿子窝阔台各自都有了封国，四子拖雷继承蒙古本土大斡耳朵，在此基础上形成了四大汗国，即金帐汗国、察合台汗国、窝阔台汗国和后来的皇弟旭烈兀的伊尔汗国。在蒙哥汗时元朝版图空前辽阔，达到 4000 多万平方千米。

成吉思汗创造了军国生态系统，包括刀箭炮石军粮等军需军马运输系统，战争功绩评价系统，胜利成果分配系统，以及自上而下的战略决策和战役指挥系统。赏罚分明，一言九鼎。《大扎撒》（《成吉思汗法典》）第六条规定：男子年满 15 岁皆有服兵役的义务。第二十七条：如战争需要，每个人无论老少贵贱都有作战御敌的义务。成吉思汗的军国生态系统，与唐朝的亦兵亦农的"府兵制"相似，不同的是，成吉思汗的军队是专业化的职业军人，他们不用种地，在十夫长、百夫长、千夫长的带领下，接受专门的军事训练。根本特征是全民皆兵，纪律严明。所以成吉思汗的军队，能以一当十当百，越战越勇，所向披靡，一场胜利接着一场胜利。自创真正制胜的种种系统，是一种超级智慧。

四、令人难忘的往事

（一）蒙古弯刀，神秘的好钢火

蒙古草原当时并没有现代化的高炉，为什么能炼出如此出色的好钢并用在了刀刃上？成吉思汗西征时，二十万将士，人手一把，就是二十多万把蒙古弯刀。这些弯刀坚韧锋利，不卷不缺不锈。问题是当时蒙古草原上哪有那么多顶级优秀的匠人？即使有那么多顶级工匠，哪来那么多千锤百炼的好钢？《马可·波罗游记》中，马可·波罗说他在中国北方亲眼见到"有

蒙古弯刀

一种黑石，采自山中，如同脉络，燃烧与薪无异，其火候且较薪为优"。毫无疑问，他说的是我国境内蕴藏丰富的煤炭资源，当时还是露天煤矿，无须钻井开采。其实我国以煤作为燃料来炼青铜、铁，早在汉代以前便已经开始。马可·波罗在这时还当作"奇异事物"来记述，说明欧洲在 13 世纪用煤还不普遍，而中国在元代之前早已是司空见惯的事了。蒙古草原除了有丰富的煤矿，在包头、巴彦淖尔等处还有大量铁矿，故能打造出锋利且极耐砍切的蒙古弯刀。

（二）成吉思汗在西征路上为何召见丘处机

成吉思汗一直信仰长生天和萨满教，并不信仰道教，为何万里迢迢征召当时闻名天下的全真教道长——长春子丘处机前来西征前线问道？或许是因为成吉思汗内心有两点需要：一是感觉自己岁数大了，想探寻是否真有长生不老之可能性，以及更好的养生之道；二是一路西征，杀戮过重，寻求一种天意的解释，以达内心安宁。当时传称丘神仙已活了 300 多岁，成吉思汗或想向他讨教点长寿秘方以及治国之道。

王重阳的弟子丘处机，先后谢绝了金朝皇帝与南宋皇帝欲请其辅政论道的邀请，却接受了成吉思汗之邀，不辞万里艰苦跋涉，西行至大雪山（今阿富汗境内兴都库什山）行营，终于得以觐见成吉思汗。在问道的过程中，丘处机禀告大汗：我从中土出发时 72 岁，今年 74 岁（没有传说中的 300 多岁）。世上根本没有长生不老之术，只有养生延年之法。只要保持身心健康，养生有道，自然就会延年益寿。其要领为八个字：内固精神，外积阴德。

成吉思汗开始时有点失望，原来丘处机没有长生不老药，但又觉得丘处机是诚实的，说得有道理。

　　战争是残酷的，你死我活的。若想劝成吉思汗的军队不杀戮，等于劝他不要西征，这不可能。丘处机还巧妙地借用雷震等自然现象，劝告成吉思汗及蒙古人要有行孝之心。成吉思汗多少有所触动，他赞许道："神仙是言，正合朕心。"成吉思汗召集诸王子和蒙古贵族，要他们按丘处机的话去做，又派人将仁爱孝道主张遍谕各地。

　　丘处机"敬天爱民"的道家观念，虽不能左右军国大政，但对成吉思汗和他的后人有一定的影响。

第六章

战神拖雷，忠孝世英

渔家傲·秋思

〔北宋〕范仲淹

塞下秋来风景异，
衡阳雁去无留意。
四面边声连角起，
　　千嶂里，
长烟落日孤城闭。

浊酒一杯家万里，
燕然未勒归无计。
羌管悠悠霜满地，
　　人不寐，
将军白发征夫泪。

马头琴呜咽，大汗魂归天，天知何遗言。

成吉思汗遽然去世，弥留之际，留下三条遗言（后来拖雷之子忽必烈说是有四条，第四条意思是：如窝阔台的后人不肖，则由拖雷之子继承大位）：

一是汗位传给三子窝阔台，适时召开库里台大会确认。成吉思汗大斡耳朵的财产、军队等由幼子拖雷继承。各兄弟都有各自的封地，各安其分，兄弟要团结，不得起纷争，否则就是违背父亲在天之灵。

二是秘不发丧，等待西夏王来降，擒杀之，处置西夏王城中兴府，灭掉唐兀惕（党项族）不留后患。

三是联宋伐金。根据《元史》记载："（成吉思汗）临崩，谓左右曰：金精兵在潼关，南据连山，北限大河，难以遽破。若假道于宋，宋、金世仇，必能许我，则下兵唐、邓，直捣大梁。金急，必征兵潼关，然以数万之众，千里赴援，人马疲弊，虽至弗能战，破之必矣。言讫而崩。"

成吉思汗弥留之际对身边的人说：金朝精兵在潼关，南连接秦岭山脉，北遏制黄河，很难一下子攻破，若借道宋，宋、金是世仇，必能同意我，则我出兵至唐州、邓州，直捣金都大梁，金朝恐惧着急，必征调驻守潼关部队驰援，然而数万兵马，千里奔赴，人马疲惫，虽然到达却无战斗力，必然被我军歼灭。说罢，大汗永远闭上了双眼。

后来的事态发展，基本上是按成吉思汗的遗言来进行的。

当时，耶律楚材在场记录成吉思汗的遗言。皇子（长子术赤已去世，其子拔都在）察合台、窝阔台、拖雷等以及王妃也遂等，大臣哲别、赤老温、速不台、失吉忽突忽、木华黎之子孛鲁（木华黎已去世），以及奥屯世英等人皆跪在斡耳朵大殿里低声哭泣，因为要秘不发丧，故除宿卫的怯薛军外，已封锁消息。四王子拖雷哭岔气了，哭得最伤心。奥屯世英在一旁轻揉他的背，让拖雷缓过气来。那是在夏天，汗水和泪水混合，湿透了衣衫。

拖雷是成吉思汗四个嫡子（孛儿帖皇后所生）中情商最高的一个，他智勇双全，而且自控能力很强，不酗酒，不与其他兄弟争吵，说话不伤人，心胸开阔，能容人，长得最像其父，所以成吉思汗最喜欢这个小儿子。

从 1211 年决定蒙古与金国命运的野狐岭之战起，当时不满 20 岁的拖雷就跟随父亲出战。在这次战役中，成吉思汗指挥 15 万大军集中打击金军中路的 10 万军队，蒙军大胜，金朝几乎丧失了所有精锐部队，从此再也没有能力抵抗蒙古铁骑。

年轻的拖雷亲率数万骑兵，从侧翼包抄敌军，歼灭敌军上万人，立下大功。1219 年，拖雷随父亲成吉思汗西征花剌子模，此时的拖雷已经 26 岁了，父亲的言传身教，拖雷耳濡目染，深得真传。拖雷在进攻花剌子模的撒马尔罕等城时立下战功，在攻克尼沙普然时担任前敌总指挥。在后来灭金最重要的战役三峰山之战时，拖雷被任命为西路军总指挥，以少胜多，立下赫赫战功。拖雷是成吉思汗儿子中最能打仗的一个，堪称战神。

拖雷在战场上十分英勇凶狠，对兄弟和属下却比较重情义，甚至对降将如奥屯世英等都非常友善和宽容。成吉思汗觉得拖雷太善良单纯，适合守灶继承他的产业，不适宜当大汗。而成吉思汗的长子术赤，是其母亲孛儿帖被篾儿乞人抢去，等救回时已有身孕而生的，二儿子察合台老攻击他是"篾儿乞人的野种"。所以，成吉思汗不能立长子为储，又不能让幼子继位，只有立做事稳健、目光远大的三子窝阔台为汗，看来成吉思汗在确立继承人方面是煞费苦心的，也是当时最明智之选。成吉思汗没有料到后世因权力交接而乱成一锅粥，兄弟相残，至亲互斗。不像汉地，不论贤与不肖，坚持嫡长子继承制，权力交接一般不会乱。如果成吉思汗坚持嫡幼子继承制，也许后世就不会内讧内乱。

古往今来，忠孝难两全，而奥屯世英与拖雷的亦君臣亦挚友的真挚感情，以及世英对家中父母的孝义，感天动地，演绎了一出忠孝两全的传奇。

1227年1月，作为金朝的郃水酒税监（相当于财税局长），后调任行军都统（相当于战区司令员）的奥屯世英和弟弟奥屯保和率领的部队在甘肃庆阳被包抄西夏的拖雷五万大军包围。

当时其父母家人都在庆阳，而蒙古军此时派人送来劝降文书，意思是：

"死神正在逼近你，而我大蒙古成吉思汗的天兵可以拯救你，如果你明智地带兵投诚，不仅可以保住自己和属下的脑袋，还可以官升三级，否则全员将死无葬身之地。给你一天时间考虑。勿谓言之不预！"

奥屯世英在生死关头，不得不认真考虑。

金朝自野狐岭之战后，被迫从燕京迁都至南京汴梁（开封），江山几乎失去半壁。金军主力驻守陕西潼关一线，在甘肃已无力派援军。而此时灭了花剌子模、西征凯旋的成吉思汗的威名，在神州大地已是响彻云霄。然而金朝内讧频发：先是胡沙虎弑杀卫绍王，后是术虎高琪杀了胡沙虎，接着术虎高琪又被杀。金宣宗完颜珣为躲避蒙古铁骑，不得不决意南迁，然而是祸躲不过，躲过就不是祸。他把藩邸时的王姓王妃，改姓"温敦"，立为皇后。也就是说，皇后不是温敦（奥敦）家的人。可见金朝皇后历来多是温敦（奥敦）氏，就像元朝皇后多出自蒙古弘吉剌氏一样。

对奥屯世英最有影响的两个因素：一是十年前，自己的族叔奥屯丑和尚，时为金朝的代州经略使，在蒙古大军的猛烈攻城下，劝降不从，城破之时被杀而且遭到屠城灭族之惨祸。二是庆阳易攻难守，寡不敌众，又无援军，而且自己的父母家人都在城内，若城破，全家必死，全城百姓亦不保，怎么对得起亲人和百姓。这不是怕不怕死的问题，而是值不值得的问题。这个决定不难下，唯有举兵投诚一条阳关道。

奥屯世英携弟弟奥屯保和，举着白旗去城外蒙古军大帐拜见四王子拖雷。拖雷见奥屯世英与自己年龄相仿（拖雷生于1192年，奥屯世英也生于1192年），长得英俊潇洒，美髯飘飘，很是喜欢，便对他说："祝贺你弃暗投明，是明智之举，今后跟着我干，决亏待不了你。"

拖雷问他名字，奥屯世英答道："我姓奥敦（屯），名世英，字伯豪。在兄弟中排行老大，小名叫大哥。"拖雷亲切地说："大哥，这名好记，今后我也叫你大哥，哈哈！"二人初次见面，经过翻译，相谈甚欢。拖雷即刻把世英带去觐见成吉思汗。大汗也很喜欢世英，命"隶朵火鲁彻立部下"，即作为拖雷帐下怯薛军随时听令。带过来的部队换掉服装仍归世英指挥。并赐予奥屯世英带兵虎符，以示信任和重用。

奥屯世英很快学会了蒙古语言，平常在军中与拖雷和其他将军交流就没问题了。

成吉思汗一贯恩威并举，并没有歧视起义投诚部队人员，于是大家精诚团结在成吉思汗的"九斿白纛"旗下，一起攻城略地，一起分享胜利果实。

随后奥屯世英率队伍跟随拖雷去围攻西夏，不久之后，庆阳来了一支金军，击败只留有少量守军的蒙古部队，把奥屯世英全家老小一百多口，掳掠到了河南许州，而奥屯世英并不知道。

一次拖雷只带了一百多名怯薛军去一个山梁侦察敌情，偶遇一股约有五百人的西夏军。敌军看旗帜装束，知道是有大人物，便冲杀过来，蒙古军因为人少，不得不且战且退，退到山坡下的一片荒芜的水稻田，马蹄陷入难以动弹，在这万分危急时刻，奥屯世英率领一队人马赶到，把西夏兵杀得落荒而逃，奥屯世英和二十几名怯薛军勇士跳进水田，亲手砍死了七八个围攻主将拖雷的西夏军士，救了拖雷一命。之后，拖雷对自己的冒险举动做了检讨，并对家人和属下说了那句永载史册的话："大哥吾所爱，尔等勿以降虏视之。"

意思是：大哥忠勇可信赖，我喜欢他。你们不要把他当降将对待。

如前所述，奥屯世英跟随拖雷攻打西夏，先是包围灵州，采用围城打援之计，几乎全歼了嵬名令公的十万精锐援军。然后去合围西夏王城中兴府。七月，成吉思汗在军中去世，在"秘不发丧"的情况下，灭亡了西夏。之后，随拖雷护送成吉思汗的灵柩回蒙古草原。

在拖雷监国（1228 年）时，西夏已灭，蒙、金之间暂时相安无事，天下维持短暂太平。

1230年，蒙古军进军陕西，为不让家乡父老受到无辜伤害，奥屯世英回到蒲城，他在城下向守城的军官喊话劝降，守城司令官见是大少主人（蒲城是奥屯家族的封地），遂打开城门降元。此事载入《蒲城县志》。元军不费一兵一卒，拿下蒲城。四王子拖雷非常高兴，称赞世英的人望："大哥人望值千金，可抵万人。"

进入蒲城，看父母家人并不在老家，世英即派人去庆阳看望父母家眷。殊不知庆阳家里人去楼空，问周围邻居，有人说是被一队金军掳掠而去，不知去向。奥屯世英号啕大哭，心想可能凶多吉少。世英想念父母亲人，每晚临睡都要焚香祷告，愿上天保佑父母平安，有生之年能重逢，并偷偷哭泣，泪湿枕褥。有人把这件事告诉了四王子拖雷和窝阔台大汗（当时已正式登上汗位了），他们都很理解和怜悯他，但无法安慰。

1231年底，当蒙古大军准备灭金的三峰山战役打进河南时，窝阔台大汗下令全军：若得到奥屯将军父母家眷，不得惊吓伤害了他们，要安全带回。

拖雷率领的西路军，先包围了许州，许州被蒙古军攻克后，有人高声喊道："奥屯将军家属在此！"奥屯世英一听，赶忙奔跑过去一看，意外惊喜啊，全家一百多口全都好好的！

杜甫《春望》有"烽火连三月，家书抵万金"的千古之叹，何况在这乱世，亲人分别四年之久，不知是生离还是死别，音信全无，无尽的思念和担忧，化作喜极而泣的泪。世英跪在父母面前，泣不成声。人们都认为，这是奥屯世英的孝行感动了上天所致。

史书上这样描绘当时情景：

"世英性至孝，大兵围庆阳，战失利。世英家属为金人所获。世英狼狈北归，每夜焚香祝天，愿得生遇父母，每就寝则泪渍裀席。太宗悯之。及大兵下河南，下令军中曰：'得大哥父母者，生致之，无使惊怖。'及攻拔许州，有唱者曰：'奥屯将军家属在此。'世英驰往视之，则阖门百口如故。人以为孝感所致云。"

这里有一个真实的细节：奥屯世英率部攻下许州一带，俘获了不少金国士兵，奥屯世英不知道该怎么办，是杀掉还是遣散，拿不定主意。奥屯世英的母亲说他："尔华族也，畏死而降，此卒伍尔，驱之死战，何忍杀之耶？"

意为：你是贵族，因为怕死而投降，他们是一般士兵，是奉命行事，如何忍心杀他们？

这话语，蕴含仁慈之心意，闪现人道之光芒。从小接受母亲与人为善的教育，世英明白母亲心意，对俘获的金兵，愿留者留，不愿留者，给予路费遣散。此后世英的队伍越来越壮大。

奥屯世英把父母引荐给四王子拖雷，拖雷笑吟吟地给予抚慰，世英深表谢意。后让弟弟保和带领一家老小去陕西蒲城老家安顿，因为那里的金朝守军在世英劝谕下已经投诚，归属蒙军控制，现在很安全。父母家人安好，了却了世英心中牵挂，他内心的感激化为更大的忠诚。士为知己者用，女为悦己者容，奥屯世英心里暗暗发誓，一定更加勇猛果敢杀敌，争取再立新功，以报答四王子的重用和拯救父母之恩。世间忠孝难以两全，世英却成了一个顶天立地、忠孝两全的人。

第七章

群狼战术，灭金三峰山

金末名将完颜陈和尚战死三峰山，后世犹赞。

赞完颜陈和尚

〔明〕李东阳

汝何官？金大将。

汝何名？陈和尚。

好男子，明白死。

生金人，死金鬼。

胫可折，吻可裂，

七尺身躯一腔血。

金人愤泣元人夸，

争愿再生来我家。

吁嗟乎！

衣冠左衽尚不耻，

夷狄之臣乃如此。

来到大禹故里禹州（古称钧州，因出钧瓷而得名，后来为避明朝万历帝朱翊钧名讳而改名禹州）郊外十余华里处，就是古战场三峰山。山不算高，无仙有庙，北魏时始建的大悲禅寺依然孤独地矗立在那里。山上有几个古洞，"文化大革命"时被改造成地道。只有道路一条，直通禹州。站在三峰山顶俯瞰，远处是美丽山丘，还有错落有致的农家院落和荒芜的田园。四面是稍有起伏的空旷平地，适合战马奔驰，此地距金都汴梁仅约 160 千米，不过一天半的跑马路程。

三峰山之战是蒙古灭亡金朝的关键一战。金军二十万主力被拖雷统帅的四万大军彻底歼灭，那是 1232 年正月的事情。大雪漫天，朔风萧萧，天寒地冻，通往钧州的路上，遍野尸体

禹州三峰山，蒙古灭金经典之战的古战场

被白雪掩埋。金朝最后的精锐，几天几夜没吃没喝，在饥寒交迫中，气喘吁吁地夺路逃命，途中不是被射杀，就是因踩踏丢了性命，或者冻饿而死。只有几百人逃到了钧州，也很快被追杀殆尽。真实历史是无情而血腥的，无论其正义与否。

蒙金之战真正的导火线是金朝杀害了蒙古使臣唐庆一行。窝阔台登上汗位后，蒙古内部事务已经理顺，于是要有所作为，按照父亲成吉思汗的生前愿望，开始筹划灭金大业。窝阔台大汗派遣唐庆一行去金都汴梁，要求金哀宗放弃帝位，可以称王。此举惹恼了金朝君臣，他们认为蒙古使节太可恶太狂妄：你们蒙古的战神成吉思汗已死，我金朝有精兵数十万，你能奈我何？于是无视"两国交兵不斩来使"的古训，金哀宗在朝堂之上命侍卫把唐庆一行拉下去砍了。

蒙古国的使臣被辱杀，这还了得！蒙古汗国上下一片愤怒，于是灭金复仇便提上议事日程。

窝阔台大汗命斡赤斤（成吉思汗幼弟）由东路率兵马四万，从山东南下包抄；命拖雷率兵马约五万，由西路破凤州、宝鸡南下，出大散关，经汉中四川边缘，借道宋境，绕过黄河，沿汉水直扑唐州、邓州，寻歼金朝主力；窝阔台亲率十二万大军，从燕京、河北中路突破，直逼河南。三路大军共约二十万人马，预期在汴京城外会师。无疑，任务最艰巨的是拖雷统领的西路军——还不知道南宋朝廷肯不肯借道，如不肯，就很麻烦。

果然当时南宋不肯借道，双方产生了冲突和摩擦，拖雷一边派人去谈判，一边强行冲关。拖雷不理睬南宋朝廷百般阻挠，直接贿赂下边官员，软硬兼施，最终借道成功。很快逼近唐州、邓州，河南许多城市望风而降，西路军杀向汴梁。金帝焦虑无比，急令潼关二十五万守军抽调二十万，轻装快速扑向邓州增援汴京。金军统帅为完颜合达、移剌蒲阿，中军统领为完颜陈和尚。

那个完颜合达，是曾经与奥屯阿虎一起出使蒙古并觐见过成吉思汗的完颜合周的兄弟，两人长得很相像。他曾经做过延安府尹，现在混到平章政事（副宰相），是代表金朝完颜宗室的，相当于监军，但其不太懂军事。移剌蒲阿是金哀宗完颜守绪在藩邸时的宠臣，有护驾之功。其虽为领军人物，却是草包一个，又与完颜合达不合。移剌蒲阿根本不把主帅完颜合达放在眼中，以致金军内部在争论不休中，错过了稍纵即逝的战机。唯一能征善战的完颜陈和尚，是虬军（又称"忠孝军"）提控，现只担任偏将，没有指挥权，说话无分量。这个陈和尚不是和尚，而是金末最能打的名将，没有之一。完颜陈和尚，本名彝，字良佐，曾经三次大胜蒙古军，曾率四百人把蒙古猛将速不台的八千人打败，取得大昌原之捷。史载："自有蒙古之难，二十年始有此捷。"完颜陈和尚一战成名，可是朝中无人，不受重用。看得出，这个指挥班子是有内耗的，有两个当家的，不知听谁的好，懂行的是属下，不懂行的人当领导，下不服上而且内部不和，不败才怪。

拖雷的西路军很快就遭遇到抵达邓州的金军主力。蒙军占据三峰山一线居高临下，意欲以逸待劳，等待金军来进攻。金军开始不知道自己面对的蒙军主将是谁，抓了两个俘虏，才知道自己是与"也可那彦"——号称战神的拖雷对垒，以及老将

三峰山山洞，当年活捉金军统帅移剌蒲阿处

速不台、忽突忽，汉军万户奥屯世英与刘黑马、耶律朱哥、先锋按竺尔等。金军主力与拖雷的西路军决战不可避免。完颜陈和尚主张速战速决，冲过钧州；可移剌蒲阿畏葸不前，主张背靠禹山，在开阔地安营扎寨，慢慢寻找战机。蒙古军故意阻断三峰山通往钧州之路，占据有利地形与之对峙。三峰山上的大悲禅寺一度成为拖雷的指挥部。

汴京在钧州的东北面，三峰山是金军的必经之路。蒙古西路军意在阻挡和拖住金军主力回援汴京，同时寻机歼灭这支金

三峰山大悲禅寺远眺，山不在高，有典则名

军主力。此时，蒙古东路军与中路军已逐渐形成对汴梁的钳形包围之势。金援军被阻在三峰山，金朝上下相当恐慌，严令完颜合达、移剌蒲阿速援京师，不得延误!

金军战也不是，想不战也不行，进退两难不知如何是好。移剌蒲阿主张执行朝廷命令，迅速撤离这个被阻之地，绕道急援京师;完颜陈和尚主张主动出击，夜袭三峰山一带蒙军大营，消灭或击溃拦路虎，硬闯过去再说，不然敌军尾随我后，伺机偷袭，而且我军军粮将告罄该怎么办? 而完颜合达则唯唯诺诺，首鼠两端。指挥层内部出现严重分歧，时光飞逝，天气渐渐寒冷而士兵缺乏御寒冬装。同时由于轻装而来，辎重很少，无法补充给养，所带的粮食已只剩不足三天。三峰山附近老百姓早已逃得无影无踪，没有粮食更无炊烟。形势对金军越来越不利，而对蒙古军越来越有利。

拖雷的部署是: 命耶律朱哥与刘黑马等率契丹汉军一万二千人绕右路包抄，埋伏于敌军逃往钧州的道路两旁，然后在沿路制高点射击或俯冲，把敌军分段予以全歼;命速不台、忽突忽率八千人马从左路包抄，与窝阔台派来增援的一万多人马会师，然后去合围敌军漏网之鱼，使之进入口袋——钧州。自己带领二万人马正面御敌。奥屯世英向拖雷建议并请战: 派一支约三千轻骑的精兵，从正面不断骚扰敌军，让其寝食难安，消磨其斗志，所谓"敌进我退，敌驻我扰，敌疲我打，敌退我追"。拖雷同意他的建议，让他带领所部三千人马，正面主动出击，意在骚扰敌军，当敌军追来，即刻后撤，不得恋战。

奥屯世英连续几天，每日每夜从正面穿插骚扰敌军，特别是当敌人后勤火军快要开饭时，即刻冲杀过去，搞得敌军人仰马翻，锅翻饭打；每晚敌军疲惫得昏昏欲睡之时，就火光冲天，人喊马嘶，吵得敌人不得安宁。当敌军追来，即刻跑掉，瞬间消失得无影无踪。而且，在敌人饿极的时候，蒙军阵地却飘来肉汤香味。此招甚毒，不少敌军士兵倒戈投降。要不是有督战军官挥鞭猛抽，威胁要惩治逃兵家属，金军士兵早逃光了。

那是 1232 年正月，数九严冬，天下着大雪，树上挂着好看的冰凌，金军士兵衣衫单薄，处于饥寒交迫的窘迫状态。又冷又饿又困，走着走着就睡着了，有的倒下就起不来了，是饿晕了或者饿死了。惨惨惨！在寒风瑟瑟里，饿着肚子，谁还有一丝丝战斗力，饥饿摧毁斗志。天低皇帝近，可是谁管饱饭？腹内空空，喝西北风，冻死饿死亦未足奇！

拖雷率领蒙古军采用腾笼换鸟的战术，向金军所在的三峰山下的开阔地带两翼包抄过去，而把正面三峰山通往钧州之路留出来，故意给金军留条逃生之路。

此时忽然有人喊叫："这儿有一条道，可去钧州，那里有吃的，咱们逃吧！"于是金军士兵一窝蜂似的夺路而逃。对死亡的恐惧就像传染病一样蔓延。但是通往钧州的道路到处是被砍倒的树木路障，路两边制高点是蒙古军射手，箭雨伺候。大雪纷飞，视野不佳，但因为狭窄的道路上，密密麻麻挤满了逃命的金军，所以蒙古军射手不用瞄，乱射即可射中。《元史·速不台传》记载："会风雪大作，其士卒僵仆，师乘之，杀戮殆尽。"

译文：当时突然风雪大作，我军乘金军士卒冻得僵硬，把他们杀戮殆尽。

完颜合达在逃跑时，因为穿着耀眼的金甲将服，"幸运地"被生擒，押到主帅拖雷面前。拖雷还记得他哥完颜合周，两兄弟如孪生般很相像。四年前他哥跟奥屯阿虎一起到萨里川哈老徒行宫觐见过成吉思汗。拖雷本来不欲杀他，但晚上太冷，完颜合达探身出帐篷想活动活动身子，被看守的士兵误以为其伺机逃跑，遂被射杀。

移剌蒲阿运气不佳，他逃到一个山洞里，换上士兵服装，像个胖胖的老兵，结果被蒙古军士兵逮住，他拿出金玉意图贿赂，结果士兵悄悄收下后，不想让人知道，一刀将他咔嚓了。可悲而不可悯。

完颜陈和尚带着几百个手下残兵好不容易逃到了钧州城，但是耶律朱哥率部随后追来，金军只剩下区区几百人，根本无法与蒙古军进行巷战，只好逃入民居隐匿起来，钧州是个小县城，当时人口不到五万。完颜陈和尚思忖，这样躲不是办法，迟早被抓，不如主动出来，死也要死得有颜面和骨气。于是，完颜陈和尚从藏匿的地方走了出来，对蒙古士兵说："我是头儿，你们把我抓去领赏吧，我要见你们主将。"

士兵把他带到主将耶律朱哥面前，问："你是何人？"陈和尚说："吾乃金国大将，忠孝军提控完颜陈和尚是也。"问："你投降不？"答："不。"问："为何来？"答道："我死乱军中，人将谓我负国家，今日明白死，天下必有知我者。"辽国亡于金国完颜阿骨打，契丹与金是世仇。契丹人耶律朱哥曾经仕于金而叛金，对金人没有好印象，见他不愿降又图名，更没有好感。于是绑了他，并叫他跪下听命，陈和尚昂然不跪，耶律朱哥便让士兵用刀背砍打他的膝盖窝，谁知用力过猛，陈和尚的膝盖断裂而跪下。

这时完颜陈和尚大骂："畜生！大昌原之胜者我也，卫州之胜亦我也，倒回谷之胜亦我也。今虽败犹荣，尔等何须折辱噫？苍天有眼，必有报应！"意思是：我在大昌原打败你们，在卫州打败你们，在倒回谷打败你们，今虽败于你们，也是光荣的，你们为什么要羞辱我呢？老天有眼，你们一定会有报应的。未等说完，耶律朱哥见他没完没了，口出狂言骂语，命士兵剜开陈和尚的嘴，鲜血直流，他仍然骂不绝口，士兵手起刀落，陈和尚倒地，死不瞑目，院子里流了一摊血。

正在这时，拖雷与奥屯世英带人赶来，可惜晚来一步，完颜陈和尚已死。奥屯世英感到十分惋惜，说："可惜一个好人才！"拖雷说："好男儿，他日再生，当令我得之！"命人寻一棺木厚葬了完颜陈和尚。

杀俘不祥，也许是报应，耶律朱哥不久即病死于军中。

后世明朝大学士李东阳还对完颜陈和尚赞叹不已。

三峰山之战，以拖雷四万余兵力全歼金军二十万人马而告终。潼关守将闻知金军主力全军覆没，雄关虽险，已无人可守，于是献关投降。

从此金朝灭亡进入倒计时。

这里顺便简单介绍一下群狼战术。

就像有一篇故事叙述的那样：有 50 匹野狼围攻捕杀 3000 头黄羊。先是狼群分工进行两面包抄，堵住羊群退路，再正面佯攻，把羊群赶入一个绝境，然后围三缺一，故意让羊群进入圈套，最后发起总攻，让黄羊不是被咬死就是掉进冰窟窿里不能自拔。

三峰山之战，拖雷、奥屯世英等使用的就是典型的群狼战术：先是正面不断骚扰，后是进行侧翼包抄，最后采用围三缺一的方法，给敌军以死亡恐慌和逃生的希望，最后在总攻中全歼之。

后来元世祖的心腹大臣郝经有诗叙述三峰山之战：

二十万人皆死国，
至今白骨生青苔。
壕堑已平不放箭，
城门着炮犹自开。

这是一场决定命运的以少胜多的经典战例。

第八章

权欲之恶，忠信之美

此诗暗喻权力之争、兄弟阋墙及拖雷王子之死。

示忘忧

〔元〕耶律楚材

历代兴亡数张纸，
千年胜负一盘棋。
因而识破人间梦，
始信空门一着奇。

据传说，三峰山之战胜利结束，蒙古军理应"宜将剩勇追穷寇"，直接攻下汴京，可是窝阔台大汗不知哪根筋出了问题，留下速不台等数万人对汴梁城围而不打，径直退军到居庸关附近的官山九十九泉行宫避暑去了。随后又召拖雷去官山议事。拖雷安排好军机及围城事宜后，即带上心腹奥屯世英等人匆匆赶去官山见窝阔台大汗。

拖雷一路在琢磨三哥窝阔台到底是怎么想的，三路大军已经会师，火力充足，火炮齐备，金朝已是强弩之末，为何不趁热打铁拿下汴梁灭亡金国呢？真是搞不懂。拖雷还在回味三峰山全歼二十万敌军，而己方只损失不到三千人马的战绩，而这头功要算奥屯世英的。他正面骚扰敌军，令其饥寒交迫，丧失战斗力，是蒙古军取胜的关键。拖雷想：我见了台罕，定要为"大哥"请功。拖雷完全不知道窝阔台身体不适，更不知道窝阔台此时正在酝酿一个阴谋。窝阔台深邃的目光在权力的漩涡里更显得深邃，他要玩一出古今罕见的，利用对方的善良和忠诚，来剪除权力潜在竞争对手的游戏。

回想成吉思汗去世后，整整两年时间里，拖雷作为监国，手握汗国九成兵力，似乎很享受权力的滋味，迟迟不举行库里台大会，窝阔台就迟迟不能正式登上大汗之位，心里恨得牙痒痒，又不好发作。窝阔台知道一些中原历史，了解唐太宗李世民的故事。他知道，四弟拖雷是完全有能力效法秦王李世民，搞一个蒙古式"玄武门之变"的。但是拖雷竟然很平静，也许是无意，或者有心而无胆吧，父亲的嘱托不敢违背。

但是权力的滋味却让人迷恋，人心难测啊！于是窝阔台找了智慧而忠诚的耶律楚材，请这位德高望重的顾命大臣想办法。耶律楚材忠心耿耿于已故的成吉思汗，必定忠诚于汗位合法继承人。

耶律楚材找了拖雷，告诉他，汗国不可长期无主，应该尽快举行库里台大会。拖雷不能再拖，于是1229年库里台大会终于在克鲁伦河畔召开。可是会期已长达四十余天，还没有选出新大汗，一方面大部分与会者认为，拖雷最有实力，也最有资格当大汗，另一方面又有成吉思汗传位窝阔台的遗言，真是个两难之选。其实当时主动权在拖雷手里，只是他犹豫不决。

耶律楚材看不下去，又去见了拖雷，对他说："昨夜，我夜观天象，发现明天是个选大汗的黄道吉日。错过明天就要再等三年，而且蒙古汗国就会出现大灾难。"拖雷又不傻，知道他在瞎掰，于是说："你这样说，你知道后果吗？"耶律楚材知道拖雷在恐吓自己，于是说道："不过一死而已，也好早点去拜见先大汗。"继续他的心理战。拖雷见他不怕死，软硬不吃，不得不服了。耶律楚材对他说："只要四王子遵循你父汗之愿，明天举荐你三哥的名字，一切就妥了。你父汗在天之灵，一定会赞许，为你高兴！"

耶律楚材又去见了二王子察合台，问他："当年是二王子亲自向大汗推荐让窝阔台继位，今日你没有变吧？"察合台点点头，耶律楚材又说："你觉得你与四王子谁更有实力？"察合台茫然不知所措，耶律楚材又说："四王子已答应明日

推举三王子为新大汗，你附和配合吧。""好吧。"察合台
答道。

第二天，库里台开会，拖雷主动推举三哥窝阔台为新
任大汗，察合台表示附议。全场懵然，不知道这是演的
哪出戏。原来每天都默不作声的拖雷监国和二王子察合
台，今天怎么一反常态，突然来个180度大转弯，搞不
懂啊。只有耶律楚材在下面笑捋胡须，看着察合台和拖
雷把窝阔台扶上大汗宝座。惶惑不安的窝阔台喜出望外，
看了一眼面带微笑的耶律楚材，会心一笑，坦然入座。
由大断事官失吉忽突忽宣布：新任蒙古大汗就位。察合台、
拖雷率领在场的各位贵族那颜、王子王孙向新任大汗窝
阔台行跪拜礼。

也许此时窝阔台心里在感谢三个人：父亲、耶律楚材和自
己。但决不会感谢拖雷和察合台两弟兄。因为他知道他们想的
是什么。

如今四弟拖雷在三峰山之战中又立下赫赫战功，功高盖主，
他已位极人臣，如何封赏？无论如何拖雷已成自己汗位最大的
潜在竞争者，必须想个绝妙办法，名正言顺、一劳永逸地解决
这个问题。

拖雷到达官山行宫后已是傍晚时分，在为自己安排的斡耳
朵大帐卸下军装，当时拖雷妻子唆鲁禾帖尼（唐妃）带着四个
儿子，已应邀先到达那里等候。拖雷换上便朝服，未及休息，
即带着当时20岁的长子蒙哥和奥屯世英及几个随从，去窝阔
台大汗的斡耳朵大殿汇报情况。

走到大殿阶下，宿卫出来说道："大汗身体欠安，需要安静，请四王子一人觐见。其余人等待。"无奈，大家只好在大殿阶下等候。只见一个穿着奇装异服的巫师在那里做法事，口中念念有词，不知道说些什么。隔了约半个时辰，只见拖雷摇摇晃晃、步履踉跄地走出来，蒙哥和奥屯世英赶紧上去扶住。拖雷口吐白沫，已经言语不清，但神志还清楚。回到住处躺下，唆鲁禾帖尼王妃问他："又没喝酒，到底怎么了？"拖雷模糊不清地说："他们让我喝了那碗水，那碗水，是洗大汗病体的水，水水水！"机灵的二儿子忽必烈忙递过去一碗清水。拖雷喝了下去，平复了一些，可是已说不出话来了。唆鲁禾帖尼王妃悲伤地哭起来："天啊，我的长生天啊，请保佑我的丈夫吧！他是这个家的顶梁柱，也是这个汗国的顶梁柱呀，不能倒啊！"

到底发生了什么？当时谁也说不清楚。

可是第二天晚上，这根蒙古汗国的顶梁柱折断了。拖雷就这样突然地死了，死前未留下遗言。英年早逝，不明不白，天知地知，年仅四十一岁。[①]

悲痛的哭喊声音惊动了官山行宫所有人。唆鲁禾帖尼悲痛欲绝，几个儿子，蒙哥、忽必烈、旭烈兀、阿里不哥在悲泣，奥屯世英在低声抽泣。天亮以后，窝阔台被人搀扶着，来看望四弟拖雷。看到拖雷的遗体，两眼微闭，面

---

① 据史书记载，拖雷是行军途中为救病重的窝阔台而死。

色如常，就像是睡着了一样。窝阔台悲伤哭泣道："都是因为救我呀，四弟他是顶替我去了长生天啊！"在一旁的乃马真后说："四王子是大忠臣，为了救大汗，他喝下了那碗洗涤大汗病体的水，谁知道，大汗现在没事了，他却去了长生天呀！"

是人为，还是天意？

唆鲁禾帖尼与儿子们暂时停止了哭泣，说："以后谁来照顾我们这孤儿寡母啊？"窝阔台说："有我在，弟妹，同富贵，同富贵！侄儿们都是汗国栋梁之材，把蒙哥过继给我吧，请放心！"窝阔台大汗有几个儿子，现在要把蒙哥过继过去，这是示好？

唆鲁禾帖尼心乱如麻，但是心明如镜。拖雷突然蹊跷死去，必然有预谋，但是儿子们尚年幼，隐忍为上。

拖雷自愿喝下那碗洗大汗病体水的说法有点低估了拖雷，他难道一点不感到这碗恶心的水有点蹊跷，弄不好有借水杀人之嫌？

联想到这次西路军兵力故意被限，借道不易而处处杀机，经历千难万险而不死不败，侥幸成功，难道不是三哥窝阔台出的难题？若兵败，当斩；延误战机当被军法问责。好似借了一把杀人不见血的软刀。若问临死前拖雷是后悔放弃了最高权力的机会，还是自责自己当监国时间过长，贪恋权杖而得罪了窝阔台？得到的回答一定是：绝不后悔。其实，拖雷即使很早就交权给窝阔台，谁又能保证这权力之树不会开出罪恶之花？权力为自保带来的恐惧、猜疑和权力的滥用，不会置人于死地？

所以，拖雷进去后最有可能是遭遇了两种情况：一是被人催眠（可能是巫师奉命而为）；二是在半推半就中被人暗算、强灌。反正一般的现场参与者后来都得死，死无对证。巫师也好，侍卫也好，下人也好，按当年蒙古人的惯例，知情者必死。比如埋葬大汗时的士兵、低级军官及路上偶遇的行人。

另外一个问题，是那碗水可能是毒水，是一碗让人中毒而无痕迹的毒水。是谁放的毒都无所谓，重要的是谁策划的？最有可能的是那个心机女，窝阔台之妻乃马真后。那么窝阔台到底知不知情？至少他应该是知情和赞同的吧，否则不可能执行得如此顺利、圆满。那么扶窝阔台登上汗位的大臣耶律楚材知不知情呢？后来拖雷的儿子们对耶律楚材的儿子耶律铸很好，其在忽必烈朝官至中书左丞相，至顺元年（1330 年）被追封懿宁王，谥文忠，从中我们可以断言耶律楚材不知情——他知道的话一定会反对。

拖雷死后，奥屯世英为自己失去了平生最重要的知己和保护人而伤心，但他看好拖雷的几个儿子，认为将来他们必能继承拖雷意志，大有作为。世英与唐妃和拖雷的儿子们一起，护送拖雷灵柩去不儿罕山的归宿之地。丧事结束后，奥屯世英奉命带着所部去镇守河中府。金朝灭亡后，河中府一带与南宋形成犬牙交错的边界，奥屯世英采用恩威并举的策略，不动刀兵，招降了天和堡、人和堡，受到汗廷表彰。

奥屯世英没有参加围攻汴京以及 1234 年灭金的最后的也是最残酷的蔡州战役。没有亲眼看见金朝皇帝之死，作为曾仕金朝的女真贵族后裔，也许是幸运的。

俗语有："人一走茶就凉。"据野史记载，拖雷死后他的儿子们包括蒙哥和忽必烈，都曾经被人欺负。而窝阔台就曾经要唐妃嫁给自己的儿子贵由，以便轻轻松松、名正言顺地接管其军队和财产，但是被唐妃以要抚养教育儿子为由，婉言拒绝了。拖雷有大忠臣的名声，窝阔台也不好强行下令，而贵由那小子也不体谅他父汗，反而嫌弃唐妃太老了，所以此事后来不了了之。

窝阔台处心积虑地想瓦解拖雷旧部，企图拉拢那些将军和万户，不少人在拖雷死后投奔了窝阔台麾下。作为当时全国七个汉军万户之一，手里掌握数万军队的奥屯世英，也是窝阔台拉拢的对象。可是奥屯世英婉言谢绝了。窝阔台大汗好意被拒，差点大发雷霆，后来一想，奥屯世英有道理，如果都这样，随意改变隶属关系，就是违反祖制，违反《大撒扎》，岂不乱了套。

要知道，不领大汗的情，敬酒不吃吃罚酒，那是要冒杀头抄家风险的，而世英顶住了。无论是在拖雷处于绚烂繁华之巅，还是拖雷去世以后备受冷落之时，奥屯世英对拖雷一家的忠诚信义始终不渝。面对汗权的威胁利诱，重重压力，当时背叛拖雷一家的人比比皆是。后来蒙哥在登上汗位后，在对奥屯世英之子奥屯贞的嘉奖诏书里专门提起这段难忘的往事。

如果说，对权力的欲望产生各种恶，忠诚信义就包含难能可贵的至美。因为在时间长河里，真的难以做到。

世间景，越难至越美。如王安石所言："而世之奇伟、瑰怪、非常之观，常在于险远，而人之所罕至焉。"

古今忠孝最难两全，但奥屯世英做到了。

第九章

人心所向，汗权回归

窝阔台是成吉思汗儿子中最聪明的一个，可是，有时候聪明反被聪明误。最终他事与愿违——22年后，汗（皇）权流转到拖雷一系……

洗 儿

〔北宋〕苏轼

人皆养子望聪明，
我被聪明误一生。
惟愿孩儿愚且鲁，
无灾无难到公卿。

拖雷之死，可能是掩盖真相的谋杀，是窝阔台首先打开了至亲相残、兄弟阋墙、权力斗争的可怕魔盒，从此蒙古汗国长久无宁日。其根源有二：一是成吉思汗当年没有确立幼子或长子继承制；二是权欲之恶，深不可测，权力蔑视亲情，好人也可能变恶魔。

在登上汗位之前，特别是父亲成吉思汗在世时，窝阔台给人的印象是一个能团结兄弟、待人宽厚、足智多谋、目光远大的人，所以被托付汗国重任。可是登上汗位之后，权力的魔力太强，窝阔台似乎变了一个人。上台伊始他重用耶律楚材等贤能之臣，设立和改革汗国征税制度，使得国家收入大大增加。后来他好大喜功，发动"长子西征"，大肆浪费国家财力。窝阔台自己也变得贪图享受，无节制地纵欲，沉溺美酒美色。

一天，有三个罪犯被带到他面前，将被处死。当窝阔台离开大殿时，遇到一个女人在大声号哭。他问："你为什么哭？"她回答道："因为你下令处死的这些人，其中一个是我的丈夫，一个是我的儿子，一个是我的兄弟。"窝阔台说："三人中你任择一个活命吧，为你的缘故饶他不死。"那妇人说："丈夫能够再找，孩子也可再生，但兄弟不能再得。我选择兄弟。"听到这话，似乎戳到窝阔台的痛点，他想起了四弟拖雷，于是全部赦免了这三人。

在窝阔台执政的13年里，他对弟妹唐妃还是比较照顾的。拖雷系掌握着96个千户的兵力，一次窝阔台试探性地让拖雷系调拨3个千户给自己的次子阔端，立即引起了拖雷系的将军千户们的反对，唐妃亲自做说服工作，说："有人帮我们养兵有何不可？"让他们把目光放长远些，遵从大汗旨意，并且笼络阔端，使他后来站在拖雷家族一边。结果窝阔台借兵之策顺利实施，以后再借不难。他对唐妃是刮目相看。

唐妃不仅聪慧，性格坚韧不拔，而且明白事理，顾全大局，有很高的情商。她教子有方，在元朝历史上是首屈一指的女杰，其地位超过了成吉思汗之妻孛儿帖皇后。窝阔台心里有数，知道拖雷系的实力犹存，也不敢过分。窝阔台收养了拖雷长子蒙哥，并让他跟随拔都为首的黄金家族长子参加"长子西征"，使之在艰苦征战中得到了很好的历练，蒙哥在攻克斡罗斯、钦察等地时立下大功，还活捉钦察首领八赤蛮。

总之在唐妃的善处事、顾大局和窝阔台内心深处的愧疚与克制之下，双方相安无事。

窝阔台有六个儿子，他不喜欢乃马真后生的嫡长子贵由，因为贵由酗酒、体弱多病还脾气暴躁。他最喜欢第三子阔出，意欲立他为太子。但窝阔台是个悲情人物，天不作美，事与愿违。阔出在一次出征南宋的军事行动中殒命江陵，留下长子失烈门。窝阔台不得已，欲立这个爱孙为汗位继承人。

谁知天有不测风云，他自己因为长期饮酒纵欲过度，突然死于脑出血。窝阔台嗜酒如命，到晚年更是沉溺于酒色，经常彻夜不眠不休。耶律楚材多次劝谏无用，有一次拿着铁酒槽对窝阔台说："这铁为酒所侵蚀，所以裂有口子，人身五脏远不如铁，岂有不损伤之理？"但窝阔台听得进做不到，因病戒酒几日后依然如故，射猎饮乐不理朝政。

传称，唐妃有一个好姐妹，叫亦八哈。亦八哈的儿子是个有名的厨师，唐妃介绍他去窝阔台处工作，每年窝阔台生日或者有喜庆时都要展示高超的厨艺，做出美味可口的大餐，窝阔台很欣赏他。那日，窝阔台又是宴会享乐，通宵达旦。窝阔台赞赏厨师好手艺，于是唤他出来共饮几杯。大厨小伙子为窝阔台斟酒敬酒。那晚又是尽欢，不醉不归。哪知翌日将午，窝阔台迟迟不起，仆人去伺候他起床时，发现他已身体冰凉，一命呜呼了。有阴谋论者怀疑说："是不是那个厨

窝阔台画像

师敬酒时下了毒？"（言下之意是，他是唐妃派来的）窝阔台的一个异母兄弟和辅政大臣耶律楚材等人都否定了这种说法，说是谁也没有证据，大汗自己身体不好，又常常饮酒过度，长生天招他去，不能瞎怪别人。于是蒙古汗廷避免了一场冤狱和血腥内讧。

窝阔台终年 56 岁。未留下遗言，继承人不确定。

于是窝阔台正妻乃马真后称制。在库里台大会召开前，暂时管理汗国事务。

据说在乃马真后称制期间，耶律楚材受到她手下心腹的排挤，失去中枢地位，心情抑郁，1244 年生病去世。乃马真后感念他倾心辅佐窝阔台，按他的遗愿，让他叶落归根，把他安葬在他的出生地燕京，在美丽的昆明湖畔，与他的发妻合葬。耶律楚材的夫人苏氏，是苏东坡的后人。这位元朝第一名相用他的儒家仁义思想和佛教的普度众生善念，影响了成吉思汗和窝阔台大汗，无形中救活了不知多少人。耶律楚材算得上一代明相，在八百年后依然受到有识之士的尊崇。伟大的背后，并不都是苦难，还有悲天悯人的情怀，以及坚持善念的勇气，实施善政的智慧。

乃马真后是个很有心机的女人。她不想立非亲生的孙子为汗位继承人，她想立自己亲生儿子贵由为汗。她的小算盘是司马昭之心路人皆知，但是实现起来很困难。因为大家都晓得窝阔台疼爱孙子失烈门，想立他为皇太孙，但是还没来得及写下立皇太孙的字据。于是乃马真后磨磨蹭蹭，一直做了五年监国都不肯下台。而失烈门又被唐妃接过去住，保护起来了。谁想下手做掉那小孩都不可能得逞。

实在没办法，不能再拖了。乃马真后亲自去看望唐妃，征求当时德高望重的唐妃的意见，看让谁继位好。当时两家都住在都城和林，见个面还是比较方便的。唐妃知道乃马真后最终会寻求自己的帮助，经过深思熟虑，同意乃马真后的想法，立贵由为汗。也许唐妃有一箭双雕的考量：一是卖个顺水人情，以便掌握主动；二是贵由嗜酒，身体欠佳，容易早早去长生天。若年轻的失烈门上位，那就夜长梦多了。

于是在窝阔台去世五年后，终于召开库里台大会，经乃马真后及窝阔台系提议，由贵由继承汗位，拖雷系表示同意。于是此提议自然轻松获得通过。成吉思汗长孙拔都，因在"长子西征"时与贵由有矛盾，拒绝来参会。于是贵由与拔都之间梁子越结越深。

贵由爱生闷气，嗜酒如命，不亚于其父，而且体弱多病、手足拘挛，在上台之后，却也像他的父亲晚年那样，昼夜沉溺于酒色之中。在他执政的两年里，蒙古汗国"法度不一，内外离心"的状况日益严重。

1247年秋，贵由以西巡为名准备进行西征，意在讨伐拔都。拔都的母亲是唐妃的亲姐姐，她们是克烈部王汗之弟的两个女儿，一个嫁给了拖雷，一个嫁给了拖雷的大哥术赤。唐妃知道内情后，派人飞马向外甥拔都通报，让他做好防范准备。1248年春，贵由从和林出发，率军西行。3月，当行至横相乙儿（今属新疆）时，体弱多病的贵由突然病情恶化，可能是因心梗而猝死，时年43岁，在位不满3年。

贵由死后由他的汗后海迷失协助理政。她像自己婆婆乃马真后那样称制，但是她太幼稚，大家都不买账。奇怪的是她自己的三个儿子也跳出来反对她，加上窝阔台次子阔端和幼子合丹联合反对，不同意海迷失后称制，窝阔台系内部乱成一锅粥。

两年后，拔都投桃报李，他以成吉思汗长孙的资格，号召在他的金帐汗国领地举行蒙古库里台大会。唐妃带着蒙哥等儿子们千里迢迢去参会。除窝阔台系诸王抵制外，其他亲王贵戚通过唐妃收买拉拢，大多数同意拔都推举蒙哥为汗。后来又在蒙古斡难河畔举行了一次库里台大会，察合台后王与部分东西两道诸王都应邀参加，蒙哥正式成为大汗。那是1251 年的事。

窝阔台系反对派被蒙哥铁腕处置。海迷失后被处死，是按蒙古贵族的死法，裹在毡子里不流血处死。

至此，汗权在窝阔台一系停留了 22 年后，又转到了拖雷一系。正应了那句：人有千算，天则一算。风水轮流转，人心不可违。

这一段如烟往事，跌宕起伏，曲折离奇，由兄弟阋墙到至亲相残，成吉思汗当年是绝不会想到的。汗权流转到成吉思汗爱子拖雷系手中，却可能是他所希望和乐见的。

贵由就像一颗未曾闪烁的流星，匆匆划过蒙古草原的天空，转瞬即逝；又像是一片雨中的乌云，飘进了窝阔台的梦想世界，遮蔽了阳光。窝阔台若在天有灵，将遗憾汗权不能永葆，早知如此，何必当初有负弟弟拖雷！

在为拖雷系夺到汗位后，唐妃于1252年辞世，享年61岁。这位信仰基督教（聂思脱利派）的女性是位贤妻良母，有情有义有远见，知冷知热知感恩，堪称杰出女性。生前历尽艰辛，为夫为子为家鞠躬尽瘁；死后备极哀荣，元世祖忽必烈为生母唆鲁禾帖尼上谥号为庄圣皇后。后世尊称这位教子有方的母亲为四帝之母。

唐妃还曾帮助过奥屯世英。那是太宗十三年（1241年），奥屯世英所辖的河中地区遭受严重的旱灾和水灾，农民颗粒无收而物价疯涨，饥民流浪，路有饿殍。为赈济灾民，作为汉军万户的奥屯世英下令开仓放粮，平抑物价，并免除灾区两年税赋。被窝阔台嫡系的船桥官诬告，说奥屯世英越权，侵占国家税赋，于是奥屯世英被夺去虎符。

唐妃把这件事反映给窝阔台，为世英辩白冤情，窝阔台大汗买了唐妃的面子，下诏说："奥屯世英处置得当，替国家着想，为灾民解困，不仅无罪而且有功。"于是赐予奥屯世英金虎符，升职为"宣差军民万户便宜行事"，相当于既领军又管民，具有酌情处理辖区内所有事务，以及先斩后奏之权的万户侯。本来遭逢诬陷被贬，如阴霾漫天；后来却不降反升，犹雨后彩虹。奥屯世英真心感恩唐妃，唐妃就是他生命中的贵人。

人世间可能遭遇各种意外和不幸，唯坚持忠诚信义始终不渝，而且感恩图报者，才能有望得到贵人相助。

人的一生当中，不可能一帆风顺，有很多风雨、坎坷，总会有倒霉、落魄、冤屈、失意的时候，在关键时刻有贵人相助即是福报。奥屯世英是有福报之人。

奥屯世英卒于1253年，享年62岁。死后赠一品嘉议大夫，追封为奉元郡侯。

《元史》记载：

"十三年，河中船桥官以事诬世英，夺虎符。唐妃言于太宗，复异之，授军民万户，便宜行事，改赐金虎符。卒，年六十二。赠嘉议大夫，追封奉元郡侯。"

奥屯世英有两个儿子（奥屯贞、奥屯亮）和几个女儿。

他去世时，长子奥屯贞才十三岁，奥屯贞承袭了父亲的官职和爵位：宣差军民万户便宜行事，佩金虎符。他后来成为一代名将和万民爱戴的好官。

第十章

上帝鞭断，世界转弯

这首诗虽然写得磕绊难读，但却是南宋唯一存世的、咏述蒙哥汗在合川钓鱼城战死的诗。

蜀捷

〔南宋〕刘克庄

吷南初谓予堪侮，折北俄闻彼不支。

挞览果歼强弩下，鬼章有入槛车时。

钟繇捷表前无古，班固铭诗继者谁。

白发腐儒心胆薄，一春林下浪攒眉。

首先这位诗人根本没去过钓鱼城，道听途说而已。因为蒙哥汗根本不是死于弓弩，蒙哥隔江远望，箭与弓弩的射程有限，不能伤害到蒙哥，只有炮火能。其次，这首晦涩难懂的诗滥用典故，钟繇是个大书法家，也是曹丕的御用文人。他写的那个《贺捷表》是向曹丕拍马屁的，听说关羽被杀而高兴，祝贺主上。班固铭诗即有名的燕然勒功，就是今蒙古国杭爱山的石壁铭文，该文歌颂的是汉朝车骑将军窦宪横扫匈奴的事迹。

蒙古国杭爱山的石壁铭文

"挞览果歼强弩下"一句，诗人把蒙哥比作萧挞览。挞览为辽军主将，在澶州之战中，萧挞览被宋军威虎军头张瑰以三弓床弩射出的大箭击中额头身亡。让御驾亲征的辽圣宗、萧太后辍朝五日致哀，迫使辽军与宋议和，签订澶渊之盟。

"鬼章有入槛车时"一句中的"鬼章"即青宜结鬼章，是北宋时期吐蕃唃厮啰政权名将。元祐元年（1086 年），吐蕃进犯边境。吕大防率军讨伐，活捉了鬼章，将他用槛车押送进京。

刘克庄的"白发腐儒心胆薄，一春林下浪攒眉"。这两句倒可能是比较真实的自我写照。跟钓鱼城大捷全然无关，乃一胆小腐儒的自嘲心态。诗中全然未提及抗蒙英雄王坚，也未反映南宋朝廷对此捷的评价，以及老百姓的欣喜态度。不像杜甫"剑外忽传收蓟北，初闻涕泪满衣裳。却看妻子愁何在，漫卷诗书喜欲狂"那般欣喜若狂的感觉。

蒙哥汗当时被罗马教皇称为"上帝之鞭"。意指"横扫欧亚、令人恐怖的、上帝对异教徒的惩罚工具。蒙哥汗之死，使得南宋国祚延长 20 年，甚至世界历史因此而被改写。当时整个世界的走向，在巴蜀合川钓鱼城下转了个弯。正所谓：江水依旧东流去，世界历史已不同。于是笔者作诗一首以记之：

钓鱼城怀古

王坚不与蒙哥便，
上帝鞭折道未通。
江水依旧东流去，
世界历史已不同。

2019年4月于钓鱼城

钓鱼城古城墙一

钓鱼城古城墙二

"一夫当关，万夫莫开"的钓鱼城门

　　关于钓鱼城之名，有这样一个传说。传说很久很久以前，有一位神仙来此钓嘉陵江中鱼，以解一方百姓的饥馑，钓鱼山由此得名。后来宋朝名将、四川安抚制置使余玠在此修筑城寨，称为钓鱼城。

　　重庆合川的钓鱼城，是蒙哥汗这柄"上帝之鞭"折断之处。

来到合川的嘉陵江边，远眺钓鱼城的山峦，犹如一头卧狮俯伏在江边。不远处是渠江、涪江和嘉陵江三江汇流，经由重庆汇入长江。钓鱼城坐落在山势险峻之处，易守难攻之极。再加上陡峭的山路上用条石砌成绝壁，真是"一夫当关，万夫莫开"。

不知道指挥千军万马的蒙哥大汗，为什么会栽在这个风景秀丽的弹丸之地。也不明白为什么蒙哥会跑到合川钓鱼城这个并非战略要地的旮旯之地来死磕。这里不适合战马奔驰，草原骑兵的优势无法展现出来。真是：钓鱼城墙撞不悔，死磕到死方始休。

蒙哥画像

我们来分析一下蒙哥的情况及其进攻南宋的战略。

一、蒙哥的情况

蒙哥不好酒色，不奢侈，只爱狩猎，身体康健，这跟良母教育有关。他平时寡言少语，性格内向。遭逢父亲突然去世，虽未至家道中落，但往日风光不再。据野史记载，一次蒙哥与弟弟忽必烈一道去弘吉剌部看望未婚妻，路遇一个叫速不花的部落头领带着一伙人，嘲笑侮辱并且殴打了他两兄弟。这让他知道权势之重要：权力在手，众星捧月；一旦失势，落井下石。所以后来在"长子西征"时，蒙哥不仅英勇作战，而且学会谋略，严格军纪，树立威望，以备将来天降大任而能够胜任。贵由汗突然短命而亡，蒙哥的机会终于来了。虽然他们四兄弟都很优秀，但作为拖雷的长子，母亲还是全力扶持他上位。

蒙哥登上汗位后，立即动手除去窝阔台系与察合台系的反对派，用铁腕手段严酷镇压，据说处死了 300 多人，包括贵由的汗后海迷失。连窝阔台的皇孙失烈门也被发配去湖北军前效力，后来也是死。看得出，蒙哥是个杀伐果决的狠人。

母亲唆鲁禾帖尼去世后，蒙哥四兄弟内部也出现过权斗。蒙哥先是命二弟忽必烈总领漠南汉地，准备将来一统中原。1253 年命忽必烈与速不台之子兀良哈台统军远征云南，灭了大理国。又命三弟旭烈兀率兵西征，一直打到埃及附近，后来建立了广袤的伊尔汗国。

忽必烈广用汉族人才，采用汉法，推崇儒家文化，建立了历史上有名的"金莲川幕府"，重用刘秉忠、许衡、姚枢、郝经、张文谦、窦默、赵璧等汉人，包括后来替他在山东灭李璮的史天泽，汉化的廉希宪、奥屯希尹以及崖山最后灭宋的张弘范等人。连金朝的著名诗人元好问及宋太祖后人、大书法家、画家赵孟頫，都受到忽必烈的尊敬与重用。忽必烈也像众星捧月一般，受到儒士尊崇。

这一切遭到蒙哥手下坚持传统游牧观的官员的反感。他们认为汉法制度不适宜于草原，害怕自己游牧民族的生活方式被农耕民族的生活方式所颠覆。

后来蒙哥受人挑拨，拨动了他权欲的疑心，怀疑忽必烈有异志。于是派阿蓝答儿率"勾考局"（查账）去稽查忽必烈王府和其辖地，牵藤叶子动，打狗欺主人，搞得忽必烈手下的人苦不堪言。忽必烈惊恐焦虑，处于崩溃边缘。为消除蒙哥疑虑，忽必烈只好带上妻子儿女，离开京兆封地和他的军队，主动去都城和林向大哥蒙哥汗负荆请罪。蒙哥看忽必烈只身携家眷而来，想象中的对汗权的威胁已不存在。想起小时候的美好，当年两兄弟一起玩耍，一起遭受凌辱，一起承受父亡之痛，一起孝顺母亲，兄弟相见抱头大哭，于是冰释前嫌，不再追究忽必烈的过失，蒙哥撤了"勾考局"的人，停止稽查。忽必烈带着家眷暂居和林，两兄弟表面上和好如初。

由此可以看出，蒙哥是个杀伐果决的人，同时又是一个感情用事的人。前者因掌生杀大权，威不可犯，容易变得偏执，刚愎自用，听不得不同意见；后者因事喜怒无常，容易非理智行事，明知有错，坚决不改。

二、蒙哥灭南宋的战略部署

1258 年，蒙哥汗已执政 8 年，他用铁腕手段清洗镇压了反对派和潜在权争对手，建立起强劲的统治和空前的权威。当时，三弟旭烈兀占领巴格达和叙利亚，大军逼近埃及。从河西走廊到中原大片土地，包括云南、广西等南方诸地皆已被占领，于是灭亡南宋提到议事日程。

在进攻南宋之前，蒙哥做了些前期的铺垫准备工作。他先命汉军万户汪德臣、奥屯世英之子奥屯贞、张扎古代等率所部人马共约十万，从京兆（今西安）翻越秦岭过汉中进攻成都平原，该部攻下成都、嘉定（今乐山）等四川重镇，再从长江上游的嘉定顺流而下准备进攻泸州、重庆。捷报频传，蒙哥汗为之振奋，让他们少安毋躁，等待他率领西路大军前来会师，一路过长江三峡，到鄂州与东路军会合，直奔下游的建康（今南京）和南宋行在临安（相当于临时首都，即今杭州）。

其战略部署如下：

（1）由兀良哈台率领近两万人马，作为南路军从云南经贵州，绕湖南包抄到重庆。

（2）与此同时，二弟忽必烈率九个万户约十二万人马，作为东路军进攻长江中游的鄂州（今武汉），然后从湖北向江南进攻，以吸引南宋主力。

（3）蒙哥汗亲率十五万大军作为西路军，由六盘山出发，经过雪山草地，沿金沙江、大渡河进入四川境内，再加上先行入川的汪德臣、奥屯贞等的共约十万人马，然后经合川抵达重庆与先头部队以及南路军会师。之后走水路到达鄂州，再横扫江南，攻占临安，灭亡南宋。

（4）按幼子守灶的传统，命四弟阿里不哥留守和林。

蒙哥此次动员总兵力约四十万，号称六十万。大有"气吞万里如虎"的架势。蒙哥是实打实想要灭亡南宋，胜过当年海陵王"提兵百万西湖上，立马吴山第一峰"的豪言壮语。

蒙哥是个聪明人，很会计算，据说还学过欧几里得的《几何原理》，然而还是那句"人有千算，天则一算"，没想到蒙哥的如意算盘出现了一个小小的意外，那就是合川钓鱼城和其守将王坚。

去过合川钓鱼城的人都知道，那根本不是一座城，而是一个地地道道的山寨，依山傍水，正面是悬崖绝壁，城墙用条石堆砌而成。当年的合川县衙也搬到山上，山上还有火炮工场、水田、菜地和鱼塘，完全可以自力更生自给自足。

本来钓鱼城并不挡道，蒙哥可以从钓鱼城外面的三江汇流处走水路顺流而下直奔重庆，不过一日或半日路程。可是，蒙哥大汗却和小小山寨钓鱼城杠上了。蒙哥那个犟脾气，倔起来九头牛难拉回。原因是：

第一，1259年正月，蒙古军路过合川，开始并未进攻钓鱼城。蒙哥派遣降将晋国宝入城招降守将王坚。王坚在钓鱼城的阅武场将晋国宝当众处死。蒙哥闻讯大怒：杀我使臣，这还了得！于是蒙哥在钓鱼城外竖起屠城旗帜。谁知，从二月到五月，围攻了四个月都攻不下来，蒙古军死伤惨重而钓鱼城岿然不动。王坚还让手下军人从城上扔下两条大鱼和十几斤面饼，附一张纸条，说是："尔等再围攻十年，也是枉然！"气得蒙哥跳脚。

第二，先入川攻下成都、嘉定等要地而立功的前锋统领汪德臣，和当时仅二十一岁的汉军万户奥屯贞等率军来到钓鱼城下与蒙哥大军会师。钓鱼城外嘉陵江两岸的坝子上，总共聚集了约二十万人。小小的钓鱼城居然久攻不下，这时天气炎热，军中出现疫情，军士出现呕吐、拉肚子等症状。又连降大雨，洪水涨起来，从坝子到钓鱼城下的便桥、浮桥统统被冲毁。有的低洼地出现水淹三军的窘况。钓鱼城外蒙古大军处于水深火热之中。雨持续下，水还在涨，倒霉透顶的蒙哥进退两难。

一天上午，汪德臣与奥屯贞等在钓鱼城下巡视，汪德臣向城上的王坚喊话："归顺蒙哥大汗吧，保你富贵！你们宋朝现时乃奸臣史弥远当道，忠臣都不得好报，你不如弃暗投明！"话未说完，王坚命一神箭手，瞄准汪德臣，"嗖"的一箭，仰头喊话的汪德臣咽喉中箭，顿时口吐鲜血而亡。奥屯贞指挥士卒把汪德臣遗体抬回蒙军大帐前，蒙哥悲愤，泪眼看着汪德臣遗体，声言要为他报仇。

顺便说一下王坚，钓鱼城大捷之后被升职为宁远军节度使。后被权臣贾似道架空调入临安，受到奸臣排挤，再未掌控兵权，抑郁不得志。1264 年去世，谥忠壮。

屡屡受挫而怒不可遏的蒙哥，完全忘记了蒙古人最擅长的群狼战术，就像西征时或者三峰山之战那样，无往而不胜。其实从钓鱼城左右两面迂回包抄完全可行，有内行人专门去勘察过，钓鱼城背面平缓而无像样的防御设施。若采用两翼包抄战术是完全可行的，可是蒙哥在愤怒和悲伤的情绪中，智商变得几乎为零，脾气变得异常暴躁，完全听不进谏言，约二十万军队滞留在钓鱼城前无所作为。

蒙哥手下不少将领都曾经向蒙哥大汗谏言：小小钓鱼城，它挡不住咱蒙古大军，只需留下少量兵力围困就行，我大军可走水路顺流而下，攻下重庆，然后出三峡，下江南，先灭了宋朝再说。到时候，这个不值一提的钓鱼城将不攻自破。可是蒙哥汗根本不采纳。他已经杠上了，不攻下钓鱼城决不罢休。

如果不是蒙哥御驾亲征，蒙军早就攻克重庆，下三峡去鄂州与忽必烈的东路军会师了。可是偏偏蒙哥自己要来御驾亲征，运气不好，脾气又大，有来无回。自古有言：骄兵必败。而实际上是：犟帅必败。

汪德臣死后，蒙哥强攻钓鱼城不止。攻城云梯搭不到城墙顶，士兵们勇猛上爬，中途被石头砸死砸伤，滚落下来，死伤无数；挖地道，也因是山体岩石，不是通常的平地城墙，劳而无功。宋军封锁了所有的通城暗道。蒙哥手下许多将领战死在这钓鱼城下，令蒙哥心痛不已，但他仍固执己见。

时间越拖下去伤亡越重，蒙哥越来越着急上火。钓鱼城山上也有火炮、抛石机，蒙古军的抛石机和火炮打不到对方，对方的火炮和抛石机却能打到下面。于是蒙哥下令搭起高高的望楼，以窥视钓鱼城上的情况。

一天，蒙哥站在一个望楼旁边擂鼓督战，钓鱼城上突然飞来一串火炮，击中了那个望楼。望楼瞬间爆炸倒塌，蒙哥躲闪不及被倒下的望楼砸中，加上火炮的冲击波（所谓炮气），蒙哥倒下，血肉模糊。此时在旁边不足五十米距离的奥屯贞立即冲过去，与奥鲁赤等侍卫军一起手忙脚乱地把蒙哥大汗抬到大帐中躺下。蒙哥已陷于昏迷状态。随军医官赶紧来处理伤口，施行紧急抢救，但头颅破裂，血流不止，回天乏术，蒙哥驾崩。

蒙哥死后，蒙古军队便撤走了，钓鱼城未被攻克。从1243—1279年，钓鱼城坚守了36年，成为世界攻城史的奇迹。然而宋灭亡后，皮之不存，毛将焉附，钓鱼城守军遂不得不投降元朝。元世祖忽必烈并未执行当年蒙哥遗愿——屠城，而是无条件赦免了钓鱼城军民。蒙哥实际上是死于自己的任性和刚愎自用。

钓鱼城守军的炮击目标本是蒙古军的望楼，没想到竟然炸死了敌酋蒙哥！守城军民开始并不知道战斗其实已经结束，直至看到蒙古军一溜烟撤退而去，才意识到钓鱼城大捷。

蒙哥之死对当时世界大势和后世都产生了巨大影响：

（1）南宋国祚延续了二十年。

（2）忽必烈停止攻宋，回漠北与弟弟阿里不哥争夺汗位，后来建立元朝。

（3）准备进攻埃及的旭烈兀，停止了继续征战。

（4）蒙哥死后，忽必烈建立元朝，由于被多数西道王认为他得位不正，导致四大汗国分裂。除旭烈兀的伊尔汗国保持与元朝的密切联系外，其他的金帐汗国、察合台汗国、窝阔台汗国都与忽必烈翻脸，甚至相互敌对。黄金家族内斗不止，连忽必烈的小儿子北安王那木罕都被绑架为人质，主谋是蒙哥之子昔里吉等，关押他的是窝阔台后王海都。忽必烈为浇灭此起彼伏的蒙古内乱星火而神伤。

蒙哥意外死亡，蒙军群龙无首，只好有序撤退。军队主力在蒙哥死后由阿速台带领经六盘山回归漠北，后受浑都海节制。其他各路将领清点所部残军回各自驻防地。如汪德臣余部由其子汪惟良、汪惟正带回川陕边界，奥屯贞的部队则回到京兆附近驻地蒲城。蒙哥灵柩由蒙哥之子昔里吉和西川守将纽璘、奥屯贞等人护送回蒙古草原。

奥屯贞此时做了三件事：

（1）立即秘密派人快马加鞭把蒙哥大汗意外驾崩的消息告诉比较近的二王子忽必烈。四王子阿里不哥由纽璘等派人去报告，而三王子远在红海边西征。

（2）把所部两万多人马交给弟弟奥屯亮和下属亲信董铎带回京兆蒲城驻地。

（3）自己随蒙哥儿子昔里吉等护送蒙哥遗体北上。

因为他的父亲奥屯世英当年曾经参与护送成吉思汗与拖雷两代人的灵柩，奥屯家族与拖雷家族有非同一般的世交关系和真挚友情，所以奥屯贞真情参与护送蒙哥灵柩。

年轻的奥屯贞怀着对拖雷一家的美好感情，隐隐感到及时把消息告诉二王子是对的，国不可一日无君。

第十一章

明君夺天下，良臣守江山

元世祖命刘秉忠设计修建了元上都开平城，杨允孚是开平皇宫里的尚膳官，此诗歌颂元世祖的功德。

滦京杂咏一百首（其三十）

〔元〕杨允孚

圣祖初临建国城，

风飞雷动蛰龙惊。

月生沧海千山白，

日出扶桑万国明。

被誉为一统中国的一代圣主，开创元代小康社会的元世祖忽必烈，可算是一代明君。后世明太祖朱元璋曾经中肯评价并赞许元初的"与民休息""君臣朴厚"的小康社会。

明初叶子奇《草木子》卷三上写道：

"元朝自世祖混一之后，天下治平者六七十年，轻刑薄赋，兵革罕用，生者有养，死者有葬，行旅万里，宿泊如家，诚所谓盛也夫。"

元初的至元年间，可算是真正的盛世，天下太平，没有外患，自由开放，国强民富，百姓小康。

元世祖忽必烈的天下是一代明君靠德聚英才、战胜对手和自己的果决夺来的，不是靠继承得来的；他是命好眼光好，而不仅仅是运气好。他与其弟阿里不哥争夺汗权，最初处于劣势，最后成为大赢家。一切都刚刚好，老天眷顾他。不是老天不公，而是性格决定命运（阿里不哥脾气暴躁，不能团结天下英才）。

阿里不哥反对汉化政策，身边没有儒臣谋士相助，从这一点来说，算是失道寡助。阿里不哥作为幼子守灶，留守和林，得到大多数西道王的支持。他竭力诱使忽必烈回到草原参加库里台大会，好逼迫他就范，使自己名正言顺地登上大汗宝座。而忽必烈身边谋士如云，岂能轻易就范。加上贤妻支持，各方人才的鼎力相助，经过四年艰苦卓绝的斗争，终于夺得天下。

忽必烈为何能够最终胜利？原因如下：

第一，他是最早得到蒙哥去世消息的有资格继承汗位的人。因为奥屯贞等人第一时间派人快马密报于他。忽必烈离得比较近，当然比远在和林的阿里不哥知道得早。早知道就有时间做各种准备，并及早采取对策和措施。比如，忽必烈比南宋的贾似道更早知道蒙哥死讯，就能够从容与之签订和约，在对方巴不得的情况下从容撤军而还。

　　当时忽必烈正在准备攻打鄂州，已经对鄂州形成包围，南宋王朝惊恐万状，宋理宗赵昀派遣贾妃之兄贾似道领军拒敌。贾似道畏敌如虎，悄悄派人议和。正在忽必烈考虑如何撤兵，以及能否顺利撤退等问题之时，犹如想睡觉时有人递来枕头，真是意外之喜，忽必烈暗暗高兴而与之讲和。商定的议和条件是：以长江为两国国界，南宋每年进贡给蒙古国白银二十万两，丝绢二十万匹（相当于南宋过去给金朝的岁贡）。由于这一年是南宋理宗开庆元年，所以历史上称这个和约为"鄂州之盟"或"开庆之约"。

　　签署和约后，忽必烈得以名正言顺地撤军北返。随后那个弄虚作假的权臣贾似道应是得到蒙哥战死的消息，料蒙古军无心恋战，于是派军追击，打死打伤蒙古军后卫几百人。回去大吹大擂，欺上瞒下，隐瞒和约事宜，谎称大胜蒙古军，歼敌数万人，以此忽悠南宋皇帝，搞得举国上下为这虚假胜利一片欢腾。于是贾似道升官发财，穷奢极欲，甚至左右朝政十余年，打击忠良，任人唯亲，直至搞垮南宋。

　　后来贾似道赖账，不向大蒙古国纳岁贡，而忽必烈不知就里，派遣郝经出使南宋，意欲催促南宋白纸黑字签约的朝贡品。为隐瞒事实真相，贾似道继续瞒天过海，竟然秘密扣留关押元朝使节郝经一行达十六年之久。

第二，忽必烈手下一帮忠诚的人才，如刘秉忠、廉希宪、姚枢、赵璧等人都主张立即从鄂州撤退，全力争夺汗位。最初忽必烈犹豫不决，觉得鄂州有望拿下，而现在寸功未立不忍离去。姚枢等谋士为他讲述一百年前海陵王完颜亮的故事：

当年海陵王御驾亲征攻宋，强渡长江时，遭遇宋将虞允文的强烈抵抗，在采石矶损失惨重，移至镇江亦被阻击，正在心烦意乱之时，后院突然起火，发生了宫廷政变，完颜亮的堂弟完颜雍篡位。他本应立即率军回京平定反叛，这比攻宋更重要，但海陵王刚愎自用，认为这是攻宋的关键时刻，不听部下谏言，而是继续强行渡江攻宋，结果再度受挫，军心不稳，引发兵变，海陵王被弑杀于军中。

忽必烈听闻之后，内心感到震撼。自己现在的处境和心态不就与当年海陵王相似吗？廉希宪更直接谏言道："先发制人，后发制于人。天命不敢辞，人情不敢违。事机一失，万巧莫追。"等阿里不哥登上汗位之后，那时后悔就晚了，想回去也回不去了。阿里不哥与忽必烈两兄弟关系素来不好，忽必烈知道，阿里不哥常常在蒙哥耳边打自己小报告。如果他当了大汗，还有自己的好日子过吗？忽必烈感到深深的焦虑不安，必须采取有效行动。与其刀把子交给别人，不如自己把握命运。

第三，正在这时，忽必烈收到妻子察必王妃从开平派人紧急送来的密信，信里说，阿里不哥党羽阿蓝答儿等人劝阿里不哥自立为大汗，私下秘密调兵，似有异动，距离开平仅一百余里。

察必派人责问阿蓝答儿："发兵是大事，太祖的曾孙真金在此，你们难道不知道吗？"阿蓝答儿听到此话，知消息泄露，内心很沮丧。阿蓝答儿是当年蒙哥设"勾考局"的主谋和操刀手，心狠手辣，现在为阿里不哥所信赖和重用。察必王妃请忽必烈急速带兵返回，迟了恐怕生变。于是忽必烈最后下决心，放下一切其他事情，与时间赛跑，争夺汗位。争了，有望夺得天下，不争必死无疑，甚至生不如死。

第四，在对的时候，用了对的人，做了对的事。忽必烈派遣廉希宪先去东路诸王之首塔察儿处（成吉思汗同母弟铁木格斡赤斤之孙），欲取得他的支持，他的威望最高，搞定他就搞定了全部东路宗王。廉希宪说："二王子即位乃天意所趋，王爷你一言，谁敢有异议，则天下事定矣。"廉希宪的话说得很有水平，既表明忽必烈是天命所归，又暗示宗王塔察儿的威望。如果他出面拥立，一定会成功。塔察儿王爷一听，对方如此看重并倚重自己，拥立新君那是大功一件，欣然应允。从此忽必烈后顾无忧。

广阔的漠南地区，包括蒙古东部草原和东北、华北大片土地皆和谐安定下来，有了稳定的大后方，各种资源丰盛无比，远胜阿里不哥控制的漠北地区。后来阿里不哥地盘出现的严重灾荒，成为压垮他的最后一根稻草。

廉希宪随即奉命出任京兆四川宣抚使，因为川陕地区十分重要，而且有不少蒙汉军驻屯，如汪德臣之子汪惟良的约三万汉军以及奥屯贞的约四万人马。如果被阿里不哥的亲信刘太平、霍鲁怀策动叛乱，或者与川蜀军中亲阿里不哥的将领一起举旗发难，后果不堪设想。

忽必烈急带十万大军先回到燕京，再去开平，并在开平召开了像模像样的所谓"库里台大会"，捷足先登，抢在阿里不哥之前宣布登上汗位，称"薛禅汗"。同时命令廉希宪采取釜底抽薪之策，领一军拦住缓慢行进中的蒙哥灵柩的送行队伍，想办法一定要收取蒙哥的玉玺汗印，以便下一步派上用场，不能使之落入阿里不哥手里。并让廉希宪写了一封以新任大汗名义致奥屯贞的信，忽必烈亲笔签名，让廉希宪转交。内容大致如下：

足下快马送来我大哥先大汗不虞之讯，使我能及时把握汗国军机，不误运筹天下事务，足下立有大功也，我正式登极之后必有重赏。念令尊大人与我家是世交，情深义重，足下可随送先大汗灵柩至不儿罕山。因京兆川陕重地不容有失，时不我待，足下统领之军，暂交由廉希宪京兆四川宣抚使节制。待足下送灵事毕，再交还虎符，并重新安排。

廉希宪见到奥屯贞后，转交了新任大汗忽必烈的信函。见奥屯贞眉头紧锁，面露犹疑之色，说道："奥屯兄弟，我知你心中犹豫不决，你是否在想中立之事，你们奥屯家与大汗家族一系是世交，将来谁登大位对你来说都一样。你不想介入其中。"

奥屯贞一听，暗叹：真厉害，说中心事。

廉希宪接着说："奥屯兄弟（当时奥屯贞21岁，廉希宪31岁）你既然已向二王子飞马报信，二王子今登大位，已是薛禅汗，视为你立有大功，若四王子知道了此事，会对此无动于衷吗？"此话一出，奥屯贞心一惊，服了。

"好吧，廉大人，我写一封亲笔书信，你到京兆蒲城，交给我弟奥屯亮和副都统董铎。我的部属四万多人马暂归你节制就是了。"

说完，奥屯贞提笔写信，并把一半金虎符（另一半留在留守都统手中）和指挥宝刀交给了廉希宪。

"待你办完事回营之后即奉还。"廉希宪说。

京兆是忽必烈的封地，廉希宪早年入忽必烈藩邸时就很熟悉这一地区。他只身带了几个警卫来到京兆地区，找到蒲城驻军暂摄都统奥屯亮和副都统董铎，并出示一半金虎符，奥屯亮、董铎遵奥屯贞之命接受廉希宪指挥。奥屯贞这支部队，从父亲奥屯世英时代起，就能征惯战、军纪严明。廉希宪指挥起来得心应手。

果然不出所料，密报有人在京兆一带组织谋反，以策应浑都海从六盘山杀过来的大军。廉希宪审时度势，妥善安排，逮捕了主谋刘太平、霍鲁海和其党羽，关入监狱，上报忽必烈等待旨意。

这时有人去说情，忽必烈念及与阿里不哥兄弟之情，一时心软就同意赦免，传旨下来，赦免叛乱的主谋刘太平、霍鲁海等人。消息不胫而走，奥屯贞的部下因奉命包围并逮捕了他们，怕遭到报复，担心这些人东山再起，就把此忧虑告诉廉希宪。廉希宪立即下令，抢先让人在狱中把这些叛乱主谋处死，把尸体拉到大街上示众，然后才去接旨。川陕人心就此安定下来。事后廉希宪向忽必烈请罪。忽必烈说："经书上说的权变，就是这样的。"并下命令让廉希宪统帅川陕所有军队，并可以临机处置，便宜行事。

几个月后奥屯贞送蒙哥灵柩归来，即奉命随廉希宪进入四川，消除叛乱隐患，抓捕成都、青城、嘉定等地的叛乱分子。廉希宪向忽必烈奏请任命奥屯贞出任嘉定路总管。嘉定是四川扼长江上游的战略重镇。奥屯贞一年前与汪德臣一道曾经攻下成都和嘉定，留下部分守军后即下合川钓鱼城与蒙哥大军会师。现在又重新回来成为嘉定路的军政首脑。

奥屯贞的数万人马在元朝历史的关键时刻产生了意想不到的重要作用。由于川陕地区已被廉希宪、奥屯贞牢牢控制，阿里不哥在京兆布下的棋子刘太平、霍鲁海等人也被抓捕处死，加上四川的重镇成都、青城、嘉定的叛乱被平定，浑都海、阿蓝答儿进攻四川和京兆与之会师的企图落空。其部队茫然徘徊在宁夏地区进退失据，这时遭到东路宗王塔察儿、西道王合丹和汪惟良的汉军的联合攻击，最后浑都海和阿蓝答儿战败被擒，被押解到京兆处死。这成为忽必烈争夺汗权最初的关键性胜利。

故而忽必烈在登极之后，特意诏见奥屯贞，给予嘉奖，并赐予黄白金和锦衣。

　　廉希宪作为元朝的三大贤相（耶律楚材、廉希宪和伯颜）之一，是个传奇人物。他是维吾尔族人，生得高大英俊，因为他喜好读书，练习骑射，深受儒家文化熏陶，文武双全。由于其父亲布鲁海牙降蒙，一度担任廉政使，便以官职为姓氏，为儿子取名廉希宪。

　　据元史记载，廉希贤19岁就进入元世祖藩邸，有一天廉希宪正读《孟子》，忽闻世祖召见，匆忙将书揣入怀中。世祖问《孟子》书中所言何事，廉希宪说讲的性善、义利、仁暴等。世祖嘉奖他有学问，称他为"廉孟子"，于是"廉孟子"知名于世。

　　一次参观射箭比武，有人递给他三支箭，料他不能射中目标，结果廉希宪挽强弓，三发全中靶心，令人称奇。

　　特别是此次劝谏忽必烈称汗，在关键时屡建奇功，被元世祖赞为"真男子也"。后辈宰相伯颜也曾经称赞说："廉公，男子中真男子，宰相中真宰相也。"廉希宪是忽必烈手下不可多得的堪当大任之才。以后又多次为元世祖的廉政立功，成效显著。奥屯贞对他的扶贫、劝学、爱民举措印象深刻。

　　廉希宪性格刚正不阿，眼里揉不得沙子。进入至元年间后，全国改为行省制，廉希宪出将入相，元世祖委任他为中书右丞，行秦蜀省事，后平定四川叛乱有功，升任中书省平章政事，成为元朝宰相。后来色目人阿合马当政，由于这个元代的"和坤"——阿合马太会敛财，元世祖大手笔赏赐蒙古诸王及军国用度很大，似乎离不开阿合马。阿合马恃宠骄横，拉帮结派，打击排挤儒臣。廉希宪看不惯阿合马的做派，抵制阿合马，于是遭到各种谗言，几起几落。

被贬到地方为官的廉希宪，打击豪强，废除奴隶买卖，对买卖妻子儿女者，没收其钱财并抓捕入狱服苦役。更为百姓办了很多实事，如治理匪患、兴修水利等。特别是在荆南政绩斐然，离开江陵时，老百姓依依不舍。

廉希宪由于为官清廉，一直是两袖清风。40 多岁时，因积劳成疾，病入膏肓，无钱医治。一次阿合马听说廉希宪治病需黄糖做药引，当时黄糖是稀缺品，便亲自送两斤去，被廉希宪谢绝，还被羞辱一顿。廉希宪说："我宁愿病死，也不需要奸人的糖！"一点面子也不给。元世祖曾经诏扬州名医王仲明为他诊视，病稍愈，能扶杖而起。世祖大喜说："卿得良医，故病渐愈。"廉希宪说："医生用良药为臣治病，若臣能自己小心谨慎，就会痊愈，但若臣自己懈怠不堪，虽良医亦无益。"借此事来谏劝皇帝。后来病情日重，皇太子真金来探望，并问为政之道，廉希宪说："皇帝治国最重要的是用人得当，用君子则治，用小人则乱。"暗指阿合马擅权。真金心领神会，后来阿合马被一帮儒臣借太子真金之名杀掉了。

天不妒英才，人死于心焦。至元十七年（1280 年），廉希宪在清贫和忧愤中病逝于上都，享年 50 岁。

奥屯贞知道后，特意到廉希宪墓地去祭奠这位贤相和兄长。廉希宪忠君爱民，为民办实事的事迹感动着他。奥屯贞觉得为官一方，只有爱民，为民办实事，才是真正的忠君爱国。刘邦"安得猛士兮守四方"，那个"猛士"不光是指能打仗的人，更是指能为民做事，体恤民情，为国为君镇守河山的良臣、好官。

元史记载，奥屯贞随汪德臣等人攻打重庆、嘉定等路，俱立下战功。至元十三年（1276年）奥屯贞觐见元世祖，被赐予黄金白银和锦衣。奥屯贞被任命为南阳府尹，官阶是"明威将军"。后迁升广西宣慰使，又改任蓬州路总管，后转任顺庆、嘉定两路总管。他所到之处，都有惠政，为老百姓办实事。他在嘉定路任职三年，"民筐有余帛，庾有余粟，而学校兴焉"（意思是：老百姓家的竹箱里有剩余的棉布，仓库里有余粮，学校也兴办起来了）。

奥屯贞曾经两度出任嘉定路总管一职。他特别喜欢那个有世界第一大佛，三江汇流于凌云山下，滚滚江水东流去的美景如画的嘉定。奥屯贞曾经两度攻下嘉定，可是老百姓并不恨他，可见当时并未伤及普通百姓。乐山至今仍保留有较完整的宋代古城墙（在南宋画家夏圭的《长江万里图》上，能清楚看到古嘉州城的雄伟城墙，后来明代又重新修建过）。当地老百姓对好官是真心感恩戴德的，当奥屯贞告老还乡离开嘉定时，老百姓万人空巷，依依不舍，洒泪相送，并立祠纪念。碑记上说，他在离任蓬州路总管时也是如此场景。

沿乐山岷江大渡河的宋代古城墙

乐山天然睡佛，奥屯贞曾漫游于此

乐山古城墙，比较接近元代风貌（摄于清末）

　　有关奥屯贞的野史和碑记里记载，他采取的惠民措施主要有如下几种：

　　一是扶贫。不仅在灾荒之年开仓济贫，而且平时授人以渔，授农以田，鼓励养鱼和蚕桑。故嘉定的缫丝业比较发达，成为天府之国里的鱼米丝绸之乡。

　　二是劝学。元朝初年，因战乱而科举废弛，于是奥屯贞在城乡大办学校，修建文庙，教化乡里，减少文盲，深受老百姓欢迎。原乐山二中所在的文庙，始建于唐代，元代至元年间以及清康熙年间曾经重修，并从育贤街迁到现址月咡塘。其中有元朝嘉定路总管奥屯贞的一份功劳。

三是打击豪强恶霸。相当于今天的打黑除恶，为民伸张正义，建立良好秩序。当时他治下的嘉定、蓬州、南阳等地，民风淳朴，路不拾遗。

奥屯贞与廉希宪一样，是元朝不可多得的爱民好官。

在廉希宪去世26年后，奥屯贞于元成宗大德十年（1306年）去世，享年67岁。墓葬在陕西蒲城老家。

《新元史》原文记载：

"贞，字正卿。年十三，世英卒。入见宪宗，诏曰：'世英早附太祖皇帝，统兵南伐，我师失利，叛者如蚁，而世英弃父母、损妻子，束身来后，先帝嘉之。已有昔授，今命其子贞袭万户，佩金符。毋少，贞若不奉约束，罪死，没入其室。'贞从攻重庆、嘉定诸路，俱有功。世祖即位，贞入觐，赐黄白金锦衣。至元十三年，以贞为南阳府尹，阶明威将军。累迁广南西道宣慰使，改蓬州路总管，又转顺庆、嘉定两路总管。所至有惠政。卒，年六十七。子金刚奴，金齿大理道宣慰副使、金都元帅府事；银刚奴，锦州判官。"

译文：奥屯贞，字正卿。十三岁时，父亲世英去世。某日入宫晋见宪宗（蒙哥汗），皇帝下诏说："世英早年投诚归附太祖皇帝（成吉思汗），统兵南征北战，当时我军失利，背叛者多如蝼蚁，而世英丢弃了父母妻子，自己来为大蒙效力，受到先帝多次嘉奖。过往已有封赏，今特命其子奥屯贞世袭继承军民万户，佩戴金虎符。无论奥屯贞今后犯了何事，即便是死罪，仅没收家产。"奥屯贞参与进攻重庆、嘉定等路，均立下战功。元世祖忽必烈即位后，奥屯贞觐见，元世祖赐予他黄金白银和锦衣。至元十三年（1276 年），奥屯贞为南阳府尹，官阶明威将军，后升至广南西道宣慰使，又转任蓬州路以及顺庆、嘉定路总管等要职。每到一地，奥屯贞都有惠民政绩。享年 67 岁。长子金刚奴，担任金齿大理道宣慰副使，金都元帅府事（秘书长）；次子银刚奴，任锦州判官（州官副手）。

合法巨富，优雅贵族

【双调】蟾宫曲

〔元〕奥屯周卿

西山雨退云收，

缥缈楼台，隐隐汀洲。

湖水湖烟，画船款棹，妙舞轻讴。

野猿搦丹青画手，

沙鸥看皓齿明眸。

阆苑神州，谢安曾游。

更比东山，倒大风流。

西湖烟水茫茫，

百顷风潭，十里荷香。

宜雨宜晴，宜西施淡抹浓妆。

尾尾相衔画舫，

尽欢声无日不笙簧。

春暖花香，岁稔时康。

真乃上有天堂，下有苏杭。

元曲是中华民族灿烂文化宝库中的一朵奇葩。如果说唐诗宋词是中华文化女神身上美丽的锦衣，那么元曲就是女神锦衣上绣的瑰丽花朵，锦上添花。

元曲分为散曲和杂剧，散曲又分单曲和套曲，既讲究韵律又可以自由发挥。诗言志，词能歌，元曲就是用来歌唱和表演的诗词，是在诗词基础上的一种创新，具有口语般朗朗上口的性质，比乐府还乐府，又浅显易懂。元代是游牧民族入主中原的年代，却能百花齐放，百家争鸣，诞生了老百姓喜闻乐见的元曲艺术，有种雅俗共赏、自由奔放的气质，令人赞叹、神往。

现在，很多人喜欢唐诗宋词，不少人能写诗填词，却很少有人能写元曲，因为元曲在明以后逐渐不时兴了。元曲具有阳春白雪和下里巴人的双重属性。一般是文人雅士写成，由市井百姓演唱，具有文学性和娱乐性。一直以来，好多好听好看的歌曲或戏剧，都有元曲的影子。

奥屯周卿名希鲁，字周卿，号竹庵，是奥屯世英弟弟奥屯保和的第三个儿子，他是一位书法家、元曲家，同时担任元朝的提刑官等要职，世祖至元六年（1269年）为怀孟路（今河南境内）总管府判官，后历官河北、河南道提刑按察司事，江西、江东宪使（相当检察官），澧州路总管，至侍御史。他是奥屯家族在元代由武转文的代表人物。他一边做官查案，一边游历交友，一边助学兴学，一边写诗谱曲，好不潇洒自在。

其是优雅而有担当的有贵族精神的贵族。

贵族与贵族精神是不一样的。前者只是出身高贵，物质丰盛，衣食无忧，可极享奢华而已；后者是优雅、担当、坚毅、利他、有尊严、有教养的代名词。

没有贵族精神的贵族，犹如没有灵魂的人一样，不值得向往和羡慕。中国历史上的楚霸王项羽，兵败无颜见江东父老，宁死不回乡。那是羞耻心、自尊心，是贵族精神的体现。千年之后，依然令人称赞。如李清照就大赞楚霸王："生当作人杰，死亦为鬼雄。至今思项羽，不肯过江东。"

出生贵族家庭的奥屯周卿，从金朝获封"正义王"的奥屯黑风算起，他是第六代；进入元朝，他是"官二代＋富二代"，从小生长在一个富贵而有教养的家庭，享受祖辈之荫，自然而然做官。若有才华，就会活得诗意而潇洒；若有贵族精神，就会活得优雅而受人尊敬；若有担当和利他精神，则其悲天悯人的胸怀会被后世传颂。

奥屯周卿最被后世传颂的，是他的劝学兴学事迹。

1278 年，江东道按察副使奥屯周卿到安徽就任。歙县（古徽州）的紫阳书院被战火和人为毁坏，生员无处就学，亟待重新修建。徽州古城是中国三大地方学派之一的"徽学"发祥地，被誉为"东南邹鲁、礼仪之邦"。紫阳书院最早修建于南宋理宗淳祐六年（1246 年），是为纪念朱熹而建。徽州是幸运的，元朝廷派了个有利他情怀的文人来管理。奥屯周卿主管文化教育，他任命前朝进士汪一龙、曹泾为山长，前贡士许豫立为学正。奥屯周卿还向上级请示，把城外紫阳书院地块与江东道院内的古郡学地互换，重修紫阳书院，到1280年的仲春，新书院建成。事见方回撰写的《重建紫阳书院记》。

安徽歙县紫阳书院，历经宋、元、明、清，迄今共700余年，是全国最著名的书院之一。

如今紫阳书院的牌匾（传题字是南宋理宗赵昀所书）和残留遗址，依然矗立在歙县中学里。奥屯周卿当年劝学兴学的功绩犹存，不过后世是否还记得紫阳书院曾经浴火重生、曾经桃李满天下、曾经是年轻学子追梦的地方。

南宋诗人汪梦斗由宋入元后有诗一首：

奥屯周卿提刑去年巡历绩溪回日有诗留别今依韵和呈

皇华曾为歙山留，

笑杀扬人泛泛舟。

偶话后天非定位，

悬知此辈固清流。

一灯雪屋虫声细，

匹马晴川草色秋。

倚杖儒宫桥下水，

梦魂须忆旧来游。

此处紫阳书院是当年奥屯周卿主持重修的

  此诗作于至元十六年（1279 年），说去年奥屯提刑官巡视歙县绩溪，赞颂他在安徽歙县劝学兴学的功德。据说他延请九江进士文天佑主持选拔文人儒士出来教学，用公帑税金资助办学，很快就扭转了"士萎靡不振"的状况。

  奥屯周卿与元曲四大家^①中的白朴有交情和唱酬。

  白朴有一首《木兰花慢》，下题"覃怀北赏梅，同参政西

---

  ① 元曲四大家分别为：关汉卿，代表作品为《窦娥冤》；马致远，代表作品为《汉宫秋》；白朴，代表作品为《梧桐雨》；郑光祖，代表作品为《倩女离魂》。

庵杨丈，和奥屯周卿府判韵"，是和韵写给奥屯周卿的：

　　记罗浮仙子，偋微步，过山村。

　　正日暮天寒、明装淡抹，来伴清樽。

　　行云黯然飞去，怅参横月，落梦无痕。

　　翠羽嘈嘈树杪，玉钿隐隐墙根。

　　山阳一气变冬温。

　　真实不须论。

　　满竹外幽香，水边疏影，直彻苏门。

　　仿佛对花终日，

　　拌淋漓、襟袖醉昏昏。

　　折得一枝在手，天涯几度销魂。

　　此曲写得高雅浪漫，情景互动，款款情深。可惜奥屯周卿的原韵无法查找到，应该也是一首很美的元曲吧。

　　特别喜欢奥屯周卿的另一首元曲套曲，是描写男女别后思念之情的，语态暧昧幽默，很有意味：

【南吕】一枝花

　　【远归】年深马骨高，尘惨貂裘敝。夜长鸳梦短，天阔雁书迟。急觅归期，不索寻名利。归心紧归去疾，恨不得袅断鞭梢，岂避千山万水！

【梁州】龟卦何须再卜，料灯花已报先知。并程途不甫能来到家内，见庭闲小院，门掩昏闺，碧纱窗悄，斑竹帘垂。将个栊门儿款款轻推，把一个可喜娘脸儿班回。急惊列半晌荒唐，慢朦腾十分认得，呆答孩似醉如痴！又嗔，又喜。共携素手归兰舍，半含笑半擎泪。些儿春情云雨罢，各诉别离。

【尾】我道因思翠袖宽了衣袂，你道是为盼雕鞍减了玉肌。不索教梅香鉴憔悴，向碧纱幮帐底，翠帏屏影里，厮揾着香腮去镜儿比。

这支曲叙述在外男儿对家中娇妻的思念，归心似箭，见面后男欢女爱，但优雅而不淫荡，雅俗共赏。

曲尾的我说因思念你的"翠袖"而消瘦，你却道为盼我的"雕鞍"而减了肥。比喻生动，妙趣横生。

看得出奥屯周卿是个风流倜傥的才子，同时也是一位有趣的真心顾家的男人。他老在外地出差，常常想家。这首元曲正是优雅浪漫的男儿思家的真情流露，很美很生动。

他与堂兄奥屯贞各有千秋，殊途同归，一个爱民，一个爱家，都是有担当的好官。

奥屯周卿的父亲奥屯保和，字温相，也是元朝一位了不起的人物。1227 年他与大哥奥屯世英一起在庆阳降蒙后，一度担任汉军万户。1231年，在许州（今许昌）与失散四年之久的父母和全家重逢后，受大哥世英之托，带领年迈的父母和全家老小一百多口人回到陕西蒲城老家。蒲城是他们的祖先在中原的封地，自奥屯世英的曾祖兀术（据说娶了金太祖完颜阿骨打的小妹，是金名将金兀术即完颜宗弼的姑父）从白山黑水间的五国城来此定居，已经100余年了。奥屯保和在蒲城将二老送终之后，因军功由万户升昭勇大将军、德兴府元帅，赐虎符，改任雄州（今雄安一带）总管。又以元帅领真定、保定、顺德诸道农事，开垦田二十余万亩，领所部两万多人马负责军屯。

屯田有军屯、民屯之别。两者都是由国家划拨官田，前者按总面积征收一定数额的军粮，后者按亩征税。政府奖励多开垦荒地，因为开垦得多以后才征收得多。

当时金朝已灭，蒙、宋间暂时相安无事。蒙哥登上汗位后，需要一段时间历兵秣马，做进攻南宋的准备。部分军队不得不转入屯田备战。奥屯保和所部一万多军士，就近改编成为生产军粮的屯田军，他相当于农垦部队司令。

元初轻徭薄赋，平均每亩交粮食税约三升，若平均年亩产二石或者三石[1]，只占收获的不到百分之五。元朝税种分为税粮和科差，科差又分为包银和丝料两类。包银主要由普通人户

---

① 一百二十市斤为一石，一石十斗，一斗十升。

交纳，每年每户交银四两，后来改为以钱钞代替。丝料由投下人户和普通人户交纳，投下人户每二户出丝一斤给国家，每五户出丝一斤给领主。元朝盛时有一千四百余万户，人口五千九百八十余万。真可谓民富国强。

据《元代税粮制度初探》，军户、站户占地四顷以下者免税，超出四顷则按超出部分缴纳地税。地税的税额屡有变更。元太宗八年（1236 年）规定"上田每亩税三升半，中田三升，下田二升，水田五升"；至元元年（1264 年），改为白地每亩三升，水田每亩五升；至元十七年（1280 年）确定，不分白地、水田，每亩税三升。

可是到了元朝后期，各种苛捐杂税成倍地往上翻涨，民不聊生，导致社会动乱，农民起义蜂起，加快了元朝的灭亡。看来，轻徭薄赋、与民休息才是治国之道。

我们只知道奥屯保和所部两万多人，在河北正定一带开垦二十多万亩田地，进行军屯。不知道他的年产量以及到底上交了多少（估计是个动态数字，每年不一样），若平均亩产二石，年产约五十万至六十万石。元朝不搞大锅饭体制，按规定数量上交军粮以后，所余部分，除去两万余人每年消耗约六万石，再用十万石粮食奖励积极分子和中下级军官，奥屯保和即使上交一半产量做军粮，归属他个人支配的至少还有二十至三十万石。这还不算果蔬、家畜家禽等副业收入和商铺收入。在汉代，一个太守年俸不过两千石而已，元代总管也差不多。而奥屯保和年收入是一个路总管的 100 倍以上，这是在完成国家任务并合理分配下属后的合法所得，所以奥屯保和是一个超级巨富。

后来，奥屯保和的长子奥屯希恺承袭父官职劝农事。皇太后亲自赐以锦服，告诉他说："无坠汝世业。"意思是：好好干，不要辱没了你家传之事业。当郡县有水旱灾害时，奥屯希恺必力请减免租调，民众皆信赖和喜欢他。不久奥屯希恺任劝农使兼知冀州，搞军屯兼管地方民生。史书记载："有蒙古军取百姓田牧，久不归还，奥屯希恺悉夺归之，军中无人敢怨言。"因为奥屯希恺有威望，后台硬。

奥屯保和的幼子奥屯希尹，是元朝的一代卓越将领。李璮之乱时，忽必烈正与阿里不哥争夺汗位，无暇顾及。后来，北方战事消停，忽必烈采用"以汉制汉"的策略，命汉军世侯史天泽等合力剿灭李璮。

奥屯希尹率领一支探马赤军[①]参战。史天泽试其骑射，对其精湛武艺赞不绝口。他先带着一支小型侦察部队，侦察济南周围后，发现济南城墙高而濠阔，易守难攻，李璮又无外援，据守孤城，孤掌难鸣，强攻恐对方狗急跳墙。于是他向史天泽建议，上策是采用孙子兵法：十则围之，五则攻之。包围济南，围而不打，城外筑城围之，坚壁清野的同时，允许人空手进城，

---

① 探马赤军是抽调军屯各部组成的，战斗结束后负责治理当地，总管军事和民政。

只许进不许出，以分享消耗其有限的储备粮食，不出数月必然困毙。果然，济南城被铁桶包围四个月后，出现人相食的惨况，李璮走投无路，划船投大明湖自杀，因水浅未死遭俘，被史天泽斩杀。

战事进展顺利，奥屯希尹立下了头功。

后奥屯希尹率一支探马赤军在崖山之战中立功，被任命为广东道宣慰使，为奥屯家族增光添彩。奥屯保和的儿子有文有武，皆大元的佼佼者，无愧于那个时代。奥屯保和应会感到自豪和欣慰。

奥屯保和次子奥屯希元有个儿子（保和之孙）叫奥屯茂，当时是个大名人。史载："成宗大德间任河东陕西都转运使，有惠政。"据史料记载，元大德三年（1299 年），盐运使奥屯茂创建运城盐务专学，名为"运学"。"天下运司有五，唯河东有专学。"他设立了中国历史上第一个盐运学校，培养了大量盐务漕运人才，对国家盐务管理、漕运事业，乃至水运航海事业都有帮助。

奥屯周卿有一个孙子叫奥屯赢，字彦高，元至顺年间是河北容城县的知县，他在任上为民办实事，深受当地老百姓欢迎和敬重。奥屯赢去世后老百姓自愿为他建祠。他的后任知县贾彝（1330 年进士）专门在他祠前立了一块"奥屯公去思碑"，以彰显其功德。

当年大哥世英在外英勇杀敌，保和在父母身边尽孝，他是一位身体力行孝悌的人，因而是有福气的人。他不仅为家为国都做出了贡献，成为巨富，而且潜心行善。不仅如此，奥屯保和儿孙都很优秀，没有比这更令人感到惬意和幸福的事情了。光自己成功不算成功，子孙优秀而安宁才是真的成功。奥屯保和是一位真正的人生赢家，完美人生不过如此，如此足矣。

奥屯保和晚年做过一些慈善事，诸如出资办学、修桥铺路等。他还资助过一位族妹奥屯妙善修建位于老子故里鹿邑的洞霄宫和沂源的栖真观等，帮助宣扬她的道行美德，使之成为当时全国闻名的女道士，受到忽必烈后宫察必皇后和贤妃的尊崇。

奥屯保和比世英小3岁，生于金明昌六年（1195年），卒年待考。一说他56岁致仕，提前退休，享受生活，晚年居住在中山。长子奥屯希恺承袭他的官职。

为什么奥屯家族的人，如奥屯世英、奥屯保和、奥屯贞、奥屯希恺、奥屯希尹、奥屯周卿、奥屯茂、奥屯赢等都做到了做官为民必有惠政，为官一任造福一方？

这是因为有良好的家教和家风。

奥氏家族的家教家风的主要内涵是：

（1）对国与君的忠诚与信义。如奥屯世英对拖雷一家。

（2）对父母的孝，对妻子儿女的爱，对兄弟姊妹的悌。

（3）对他人的宽容宽恕。如世英母亲教他宽恕战俘。

（4）对百姓的博爱，如扶贫、劝农、兴学等，为民办实事。

（5）为人清白，为官清廉。

（6）不拉帮结派，不参与权力斗争，不选边站队。

余不一一。

第十三章

察必皇后与奥屯妙善

元朝后期已容不得一首小诗，是专制的宿命？

在燕京作

〔元〕赵颙

寄语林和靖①，
梅花几度开？
黄金台下客，
应是不归来。

---

①林和靖，名林逋。北宋诗人，梅花诗写得最好。"疏影横斜水清浅，暗香浮动月黄昏"即是他的佳句。

这首伤感的小诗，出自南宋恭帝赵㬎之手，当时他已在西藏出家为僧，却因怀旧情绪惹下了杀身之祸，这成为元代非常少见的一宗文字狱。

1276年，伯颜率领的元军兵临临安。南宋朝廷求和不成，只好向元军投降。那天，谢太皇太后和全太后，抱着五岁的小皇帝赵㬎，奉传国玺及降表，出城向元军投降。元军主帅伯颜请谢太皇太后手书诏令，遍谕各地，招降未附州郡。这样，兵不血刃，收拾了残局。伯颜将他们护送到元上都（开平）。元世祖忽必烈善待了他们，还亲自抱过小皇帝。对小皇帝一家比较照顾，封赵㬎为瀛国公，拨了一处豪宅大院让他一家居住，还隔三岔五派人送去些美味佳肴与锦缎，并且让察必皇后去看望他们一家。让他们除了自由外一切都不缺。

一次快过年了，察必皇后去看望小皇帝母子。那时小皇帝的祖母谢太皇太后已过世，全太后在北方居住水土不服，病恹恹的，想念江南，就对察必皇后含泪诉说了自己的思乡之情。善良的察必皇后回宫后告知了元世祖，请他高抬贵手，放全太后回江南居住——她认为当时全国都在大元军队的管控下，应该没什么风险。但是忽必烈告诉察必皇后："你这是妇人之仁，看似对她好，有可能害了她，因为她有宋朝皇太后这个封号在那里，怕有人利用来造反，万一到时候流言飞起，必引来杀身之祸。你的好心不是就办坏事了吗？"

察必皇后觉得世祖讲得有道理，从此不再提此事。

以后让瀛国公赵㬎学佛，全太后带发修行，并为他们修建了一座寺庙，拨给官田 30 多公顷作为庙产，让其衣食无忧。1288 年，赵㬎 18 岁时，元世祖让他去西藏萨迦寺出家学佛。他在西藏成为一代高僧，法号合尊。合尊把两部汉传佛教著作《百法明门论》《因明入正理论》翻译为藏文。因写诗怀念旧朝，被人告发并无限上纲，元英宗硕德八剌至治三年（1323 年）四月，瀛国公合尊被赐死于河西。同年元英宗在"南坡之变"中被刺身亡。

赵㬎 4 岁继位当皇帝，5 岁当俘虏，在元大都、上都等地生活了 14 年，后到西藏生活了 34 年，共在元朝生活了 48 年，终年 53 岁。未得善终，可惜可悲可叹。其与南唐后主李煜何其相似。

李煜由于公然怀念失去的故国，被宋太宗赵光义命人毒死。与之相比，宋恭帝的小诗，乃小巫见大巫，属正常感伤，不似李煜"故国不堪回首月明中"那么明目张胆怀念祖国，却也被赐死。人事有代谢，风水有轮回，当年南唐后主李煜写词被宋太宗毒死，而今宋恭帝因诗被元英宗赐死，不久元英宗又被人刺死。元英宗死时才 21 岁。

其实北宋的徽、钦二宗在国破时的际遇更凄凉、更不堪，我们将在后面的章节里谈到。

察必皇后是弘吉剌部首领忠武王按陈那彦的女儿。她心地善良、勤俭贤惠而有政治智慧，是史上少有的母仪天下的贤德皇后。关于她，有四个天下皆知的故事。

一是在忽必烈与其弟阿里不哥争夺汗位的关键时刻，是察必王妃秘密写信给夫君忽必烈，请忽必烈急速带兵返回，迟了恐怕生变，促使忽必烈最后下定决心。她帮助忽必烈夺得天下，看得出她有一定政治头脑，并且是个很旺夫的女人。

二是她对全太后母子的同情心，并且善待他们，可以看出她秉性善良。善有善报，忽必烈和她的子孙没有被斩尽杀绝，甚至没有受辱。元朝的最后一个皇帝，被明太祖朱元璋称为元顺帝。其从中原逃回漠北，迁都滦京，史称"北元"，其后还有元昭宗、天元帝、达延汗都是北元皇帝。

元世祖皇后察必画像

在明朝最兴盛的时候，还发生了"土木堡之变"，明英宗朱祁镇在那个权欲熏心的大太监王振煽动之下，御驾亲征，被蒙古瓦剌部的太师也先（蒙古草原的习惯是：只有黄金家族的人，才有资格称王，而也先不是，只能当太师）生擒。号称五十万人的明军全军覆没，而蒙古瓦剌部只有两万人。不过，蒙古人没有杀掉明英宗朱祁镇，而是把他视为勒索明朝的筹码，好吃好喝地款待着，并没有过多羞辱他。后来明朝换了皇帝，明景帝，眼看没办法继续勒索明朝钱财——明朝不买前任皇帝的账，蒙古人并没有恼羞成怒杀了他，而是把朱祁镇放回了。数年后，朱祁镇还复辟成功。此事既是千古笑料，又成千古传奇。

三是善谏皇帝，顾全大局。元世祖喜欢狩猎，迁都到大都后，没有适合的狩猎场。皇帝命怯薛军去搞定。征收土地后，那一带的百姓就要从自己的家园中被赶走。察必皇后服侍忽必烈进内室休息。这时，太保刘秉忠有要事急于奏报，皇后故意把他拦在外室，大声地对他说："你是国之重臣，陛下一向对你言听计从。可是陛下这次要征京郊农田为游猎场，如此大事，为何不向陛下进谏？国都没有迁来之前，土地就已经分配给百姓。如今，要把良田变成狩猎场，百姓流离，可能生怨生乱，做臣子的不及时提醒，陷陛下于不仁不义，这可如何是好？"刘秉忠一听就心领神会，微微一笑也大声地说："臣马上带图查看，再来禀报。"皇后和大臣的对话，忽必烈听得一清二楚。后来忽必烈听从了察必皇后的劝谏，放弃了在大都征地建猎场的方案。一方面，察必皇后是太子真金的母亲，是位贤妻良母，忽必烈的母亲唆鲁禾帖尼在世时就很喜欢察必，婆媳关系很融洽；另一方面，察必皇后是为大元的大局着想，并非干预朝政。通情达理的元世祖很敬重她。

四是察必皇后虽贵为一国之母，却不弃勤俭节约的美德。察必皇后从先祖兴业的故地带回来青草，种植在大内的丹墀前，名为"誓俭草"，用以告诫子孙保持勤俭的风尚。她还亲率侍女收集军队用旧用坏的弓弦。兰心蕙质的察必皇后很有创意，将这些弓弦煮而练之，织成布匹为前方战将做成军衣。由于布料质地非常坚韧密实，这一破天荒的创意，在当时看来更像武将的轻型"防箭衣"。察必皇后在御用造酒的宣徽院里发现了许多旧的羊臑皮，她派人清空了所有的羊皮，命人搬到后宫，和侍女们一起净洗羊皮，洗晒干净鞣制成皮草，妥当地裁剪后，缝合做成地毯。《元史》留有她"劝俭有节而无弃物"的记载。

时人写诗赞道：

深宫纂组夜迟眠，
贴地羊皮步欲穿。
漫道江南绫绮好，
织纴方练旧弓弦。

察必贵为大国皇后，仍不失善良和悲天悯人的感恩之心。

这是她作为女性的最优秀品质之一。

下面讲述的是，天下人尚不知的察必皇后与当时名扬天下的女道长奥屯妙善之间的故事。

奥屯妙善，名妙善，后更名弘道，女真人，全真道女道士。金初，她的祖父为镇国上将军，任密州知府，是猛安千户奥屯兀术之子，与奥屯世英、奥屯保和的祖父奥屯浦乃是亲兄弟。她是奥屯保和的族妹。

为什么叫"妙善"？其名来源有二：

一是妙善是中国历史上第一孝女，用自己的手、眼为父亲医病。传说观世音的前世就是"妙善公主"。

二是四川和云南进藏的必经之地芒康，藏语意为妙善地域。

奥屯妙善小时候随父母住在大都，父母笃信道教。五岁时一家穿着道服去道观，遇见长春真人丘处机，丘道长很喜欢这个小姑娘，敬其厉节不凡，举措刚毅，为她取道名"希道"，并成为她的"引渡师"。玉阳子王处一也喜欢她，为她取道号为"开真子"。全真教华山派初祖太古真人郝大通教他全真教的口诀。妙善随母亲"广丽虚妙寂照真人"居住在大都清真观，七岁开始吃素，志不可夺。

1244 年，奥屯妙善回到师兄尹志平主持的终南山全真道祖庭重阳宫敬香，认祖归宗，拜已驾鹤仙逝的王重阳为师祖。史料说她"途居安西庆真宫，将其修葺一新。回到大都清真观，在后堂塑真人何公、孙仙姑、何仙姑的雕像。云游大名妙真观，至汴梁，住栖真观，广度门徒，修造道像"。她从小就与号称

"全真七子"的顶级大师丘处机、王处一、郝大通有缘，成为其女弟子。她是李志常、张志敬等全真教大神级人物的师姐。她游历全国各地，到处宣扬道家敬天爱民、天人合一的思想。

位于山东沂源安平村的栖真观，传称是1230年由丘处机的弟子奥屯妙善修建的。栖真观外墙上写着"道炁长存，国泰民安"。在道观中院建有令官庙、奶奶殿、王母宫。供奉碧霞元君、王母，并附列有眼光和耳聪奶奶、送生娘娘、领生哥、催生姐、蚕姑桃姐等，是典型的道姑观，后来交给她的师弟张志顺管理，改为道观。至元十八年（1281年），明真大师刘正道、保元大师董道常重修栖真观，以后又经历多次重修。传说观内那棵七百多岁的银杏树，就是当年奥屯妙善亲手栽种的，不知是不是真的。人物、年代和妙善都吻合，奥屯妙善确实去栖真观住过，并修造道像，可信度较高。那道家女性特有的审美观：春华秋实，胜于繁花似锦；心灵之美，好过外在之美。那朴实无华的景致，很有道家返璞归真的意味：秋色满园遍地金，令人流连到如今。

碑文说中山元帅奥屯保和知妙善苦身修炼，请她回大都清真观居住，出资让她与徒弟修建玄元圣祖殿。

据史料记载，奥屯妙善最厉害的是"日率一食，胁不沾床者数岁，悉究性命之学，真得道者矣"。

译文：妙善大师每天只吃一顿饭，打坐冥想，连续几年睡不沾床，悉心研究生命之学，是真正的得道之人。

1255年，佛道之间发生一次大辩论，道教失败，但奥屯

据说栖真观里这棵古银杏是奥屯妙善亲手栽种

妙善并未受到不利影响。宪宗皇帝（蒙哥汗）诏奥屯妙善主持鹿邑洞霄宫事，赐号"妙善炼师"。妙善来到老子故里鹿邑率领道徒挥汗如雨，筚路蓝缕，重建洞霄宫。该道观前殿是太清宫，祭祀老子；后殿是洞霄宫，祭祀李母。中间隔有一河，曰清静河；河上有桥，叫会仙桥。前宫住道士，后宫住道姑。两宫相商事宜，则以云牌传示，不允许私自来往，规矩之严犹如军营。当时建成规模极大，"中为大殿七楹，以祀圣母，后为殿五楹，以祀全真祖师，造道像四十躯，筑舍二百楹"。庖厨丈室、茶炉药灶、田园蔬圃等设施皆很完备。可见当时盛况，修道的道姑之多。修建这座全国著名的道观祖庭，需要很大一笔钱，汗廷不出资，她的族兄奥屯保和赞助不少。

奥屯妙善在亳州鹿邑洞霄宫修炼悟道，专心致志，心静如水，为道教女丹功的传授和发展做出了重要贡献。二十年间，她济世度人，行善积德，声望日隆，前来问卜祈福和求道拜师者络绎不绝。只要有难她就相助，只要有缘她就度化，深厚的道学修为使她名满天下。此外，因为奥屯家族与黄金家族拖雷一系的世交关系，而妙善姓奥屯，所以受到忽必烈内宫的尊崇与爱戴。

在蒙哥汗时曾经发生过两次佛道之间的大辩论，都以佛教胜利，道教失败告终。其中1258年发生了中国历史上最大的一次佛道大辩论。蒙古大汗蒙哥亲临主持，嵩山少林寺长老福裕和全真教高道张志敬分别率队参加舌战。主要辩论论题是：《老子化胡经》及《老子八十一化图》的真伪等话题，结果道教依然败北。按照论战前的约定，全真教四十五部经书被火焚毁，把237座宫观作为佛教寺庙。从成吉思汗时代起，因丘处机不远万里觐见成吉思汗并参圣论道而受到元朝汗廷特别照顾的全真教，从此衰沉，虽未被禁，但已是门庭冷落。

忽必烈称帝以后，诏封藏传佛教高僧八思巴为国师和帝师，总管全国佛教，并诏令八思巴创制蒙古新文字，佛教成为当时准国教。朝廷虽容忍其他宗教，如伊斯兰教、道教等，但不扶持，任其自生自灭。而这时，察必皇后却下懿旨，招请奥屯妙善去京城大都的内宫讲道。1267 年和 1270 年，妙善炼师曾经两次应召入宫升座讲道，察必皇后和贤妃赐予她圣女金冠、云萝法服、信香等物。

她将皇后及诸贤妃所赐的丰厚金帛等钱物，都用来添置洞霄宫的生活用品。

史载 1271 年"赐诏护持宫中事，及中书省禁约榜文。与其徒任惠德等，以淳诚得誉贵近，获入觐禁闱"。

译文：皇帝赐诏，及中书省发出禁约榜文，奥屯妙善与她的徒弟任惠德等人因忠诚淳朴，得到皇后、贤妃等尊贵的赞誉，从今以后可以出入宫闱，护持内宫事宜。

元世祖曾经让八思巴国师为察必皇后和家人行密宗醍醐灌顶（即用纯酥油浇到头上，以示皈依佛教，又指灌输智慧，使人彻底觉悟），因而察必皇后是崇信佛教的，并不信仰道教。那么她为什么尊崇妙善大师呢？不仅是因为奥屯妙善大师是名满天下的女道士，讲道讲得好，还有另一层原因是她姓奥屯。察必皇后顾念当年奥屯世英对拖雷家族不变的忠诚信义，爱屋及乌，成就了这段千古佳话。

在道教遭遇挫败、备受冷落之时，察必皇后对奥屯妙善给予真心的鼓励，欲表达一种悲悯感恩之情。我们不知妙善大师讲道的具体内容，但仿佛能感受到她喜悦激动的心情，看到她舒心的微笑。

察必皇后的善心善念，令奥屯妙善感到万分荣幸和鼓舞，使全国万千道教徒仿佛在暗夜里看到了星光，亦令全真教得以渡过难关，往后遵循儒、佛、道融合之路，不争一家之长短，不再排挤其他宗教。全真教形成"三教合一"的新特点，即吸收儒家的孝行、佛家的见性，在道家内丹功的基础上，融佛摄儒，以达到成仙超度的目的。

妙善一生对道教宫观的建设做出了许多贡献。往往是建好一座道观后，即让弟子做住持，然后又去修建下一个。她最后的归宿是亳州鹿邑（今属河南）的洞霄宫，她在那里生活了约20年。至元十二年（1275年）无疾仙逝于洞霄宫，享年77岁。门徒用石棺椁葬之于宫后，并立石碑纪念。有记载："明嘉靖

鹿邑洞霄宫后苑奥屯妙善的石棺

二十五年大雨，墓崩，露石棺。乡耆完得水修封之。"现石碑和石棺仍然保存在鹿邑洞霄宫。

　　两次奉旨入宫讲道，并获自由出入宫闱，使奥屯妙善的人生到达辉煌顶点。她所在的鹿邑洞霄宫，香火极旺，全国各地信徒赶来老子故里，欲拜见妙善大师，一闻讲道，一睹容颜。其火爆程度，比泰山顶上的碧霞祠还要更甚。而她本人，赐穿紫衣，号"妙善炼师"，是当时全中国最有名的道姑。奥屯妙善受到大元后宫的尊崇，使佛道之辩屡次失败而处于危机状态的全真教，有了转机和新希望。奥屯妙善是中国历史上少数青史留名的女道士之一。

　　附《女炼师玄真通明真人奥敦君道行记》碑文：

　　师姓奥敦氏，肃慎人，始讳妙善，后更弘道，祖亡其名讳。金初，镇国上将军知密州，因家焉。父亡，始讳怀远大将军宁海都巡使。泰和四年甲子，举家着道士服。长春真人丘公，敬其历节不凡，举措刚毅，易之道名曰"希道"；玉阳真人王公，见而奇之，号曰"开真子"；太古真人郝公，复授以口诀。其母夫人守夷亦清烈，有丈夫志，行燕苏间，识者贤而事之，有荐之上者，赐号"广丽虚妙寂照真人"。

第十四章

大元故事，影响至今

这是一首我国历史上著名的爱国诗。蒙古军主帅张弘范让被俘的文天祥给宋将张世杰写劝降书，文天祥不愿意，结果在过零丁洋时，写了这首诗。张弘范笑而收下，转身递给副手奥屯希尹将军。后来奥屯希尹回京师报捷时将诗上呈给元世祖，该诗被保留在宫中，流传于世。

过零丁洋

〔南宋〕文天祥

辛苦遭逢起一经，
干戈寥落四周星。
山河破碎风飘絮，
身世浮沉雨打萍。
惶恐滩头说惶恐，
零丁洋里叹零丁。
人生自古谁无死，
留取丹心照汗青。

自古以来，当忠臣不易。有的自以为是忠，实际上是追逐名节，如明朝的方孝孺，因所谓"忠"，被"诛十族"，白白害了八百多个无辜亲朋好友和学生的性命。他所忠的建文帝彻底失踪，生死不明，而朱棣成了雄才大略的明成祖。

　　有忠心的人往往当不成忠臣，必须要有对手配合，像完颜陈和尚那样，如果默默无闻地死于无名士兵之手，谁也不知道他，故他要"明白死"。

　　文天祥则有幸遇到了元世祖忽必烈，成就了其千古忠臣的名节。

　　魏徵曾对唐太宗说："希望陛下使我成为良臣，不要使我成为忠臣。"唐太宗问忠臣、良臣有何区别，魏徵解释道："良臣使自己获得美好的名声，使国君得到显赫的称号，子孙世代相传，幸福与禄位无穷无尽。忠臣则使自己遭受杀身之祸，使国君陷于深重的罪恶之中，国破家亡，空有一个忠臣的名声。以此而言，相差太远了！"唐太宗赞同魏徵的观点，于是他们演绎了一段千古佳话。其实魏徵算是一个诤臣。

　　文天祥，字宋瑞，相貌堂堂，玉树临风，皮肤白美如玉，眉目炯炯有神。20岁即考取进士，宋理宗取他为第一名，即状元。那时的南宋已是日薄西山，气息奄奄。表面是大忠臣，实则大奸臣的贾似道，把南宋折腾得快要完蛋的时候，还罢免了文天祥的官职。文天祥才37岁，就被迫回家养老，内心之苦无处诉说。他在南宋历经宦海沉浮，过得很不开心，恨报国无门。南宋德祐元年（1275年），长江上游告急，元军沿长江东下，不少南宋守将降元。宋廷诏令天下兵马勤王。文天祥捧着诏书痛哭流涕，卖罄家财筹军资，招勤王兵至万人，风雨兼程入卫临安。

虽然他的勤王部队被当时人讥讽为乌合之众，根本敌不过蒙古大军，但他勉力而为，明知山有虎，偏向虎山行，即便打不过也要打。经历种种苦难挫折，一败再败，他作为使臣到元军中谈判，他被伯颜扣押，一度逃走又被俘。

文天祥知道陆秀夫背小皇帝投海；张世杰被元军攻击全军覆没，他本人坠海自杀；宋小朝廷彻底灭亡的大势不可逆转。元将张弘范在庆功宴上向文天祥敬酒说："宋朝已亡，你的忠孝也尽到了。丞相如能为元朝做事，元朝宰相岂不非你莫属？"文天祥说："国亡而不能救，做大臣的死有余辜。岂能贪生怕死，背叛祖国？"

于是文天祥被护送到元大都（今北京），被带到接待投降者的"会同馆"，安置在贵宾房间里，那里摆着美酒佳肴，有女仆伺候。第一个来劝降的是留梦炎，文天祥与他先后是南宋状元，官至丞相。留梦炎在临安危急时弃官逃走，降元后，任元朝礼部尚书。文天祥见到留梦炎便厉声斥骂，留梦炎未能开口说话，只得窘然退下。接着，南宋亡国之君宋恭帝，时年九岁的赵㬎被安排来劝降，文天祥连声说"圣驾请回，圣驾请回"后，便闭口不语。

文天祥的妻子欧阳氏和女儿柳娘，据称被俘后在大都的宫中做女仆，也写信劝降，文天祥弟弟携妻女书信来看他。文天祥痛苦地回绝，回信要她们照顾好自己。宽宏大量而且爱惜人才的元世祖忽必烈亲自劝降，说："现在你如能用对待宋朝那样对待我，朕立即任你为丞相。"文天祥依然婉转而坚定地回绝："天祥深受宋朝的恩德，身为丞相，哪能侍奉二姓，赐我一死足矣。"忽必烈还是不想杀他，甚至想放了他，让他去做道士。但是留梦炎等人反对，担心他出去后被人利用来造反。当时宋亡不久，天下并不安定，到处有人称要举兵救出文丞相。

在关押了四年之后，文天祥依然不降，再关押下去毫无意义，或将引起叛乱。文天祥在狱中写下了著名的《正气歌》。能给他笔墨，亦算优待。忽必烈无奈至极，只好满足他求死的愿望。临刑前监斩官传话，若文丞相有言，即可免死。但他抱着必死之心，说："死就死，不必多言。"文天祥于1283年1月9日在大都柴市就义，时年47岁。

文天祥就义了，他的"人生自古谁无死，留取丹心照汗青"，成为忠臣标签，千古绝唱。

其实，文天祥是一个幸运的失败者。说他是失败者，那是他无力回天，南宋灭亡，故国山河在，状元梦一场；说他是幸运者，是因为他遇到了元世祖忽必烈，求才若渴，把他看得很高大，成就了他千古大忠臣的名节。如果在广东被俘地就把他正法，或者在路上、监狱里干掉，神不知鬼不觉，他哪有留名节的机会？

文天祥以一己之死赢千秋之名，没有伤害他人，值！

他的家属实际上受到了忽必烈的善待，就像善待南宋小皇帝一家一样。元世祖亦算是一位仁慈的皇帝。

后世对文天祥评价很高。

清乾隆帝评价说："当宋之亡也，有才如吕文焕、留梦炎、叶李辈，皆背国降元，而死君事、分国难者，皆忠诚有德之士人也。然此或出于一时之愤激，奋不顾身以死殉之，后世犹仰望其丰采。若文天祥，忠诚之心不徒出于一时之激，久而弥励，浩然之气，与日月争光。"

其实，南宋已亡，连皇帝都投降了元朝，最后苟延残喘的小朝廷在崖山也已经彻底覆灭，文天祥还能对谁尽忠呢？他知道，余日无多，死了可以名垂千古，青史留名；活下去，生不如死。

况且文天祥的两个儿子在乱世中已离世，他白发人送黑发人，内心痛苦有谁知，俗语说："不孝有三，无后为大。"失子之寂苦，对不孝之自责，使他了无生趣。他相信，元世祖对宋恭帝、全太后一家都那么好，那么仁慈，当然不会对他的妻女家属怎么样，他们不会受牵连。他的弟弟还携带妻子女儿的信来探视。所以文天祥是一心寻死，执着于死，并非元世祖要杀他，而是文天祥自己发现死的价值，终于死得其所，死即永生。

据说元世祖得知文天祥死讯后，叹息道："好男子，不能为吾所用，杀之诚可惜哉！"

文天祥死后，家人整理其遗物时，从衣带中发现了他的遗书："孔曰成仁，孟曰取义，惟其义尽，所以仁至，读圣贤书，所学何事？而今而后，庶几无愧！"文天祥用生命捍卫了自己的尊严。

文天祥有家属收尸，起码表明他的家属还活着，没有被牵连。巢虽覆，卵仍安好。据说文天祥的两个女儿后来在大都宫中做侍女。这比当年宋徽宗的女儿——帝姬公主们被金人投入洗衣院，要好百倍。

奥屯希尹率所部探马赤军，与张弘范一起在崖山围攻张世杰。他协助主帅，切断宋军淡水及粮道，立下赫赫战功。宋灭亡后，他率所部一路护送文天祥到京师向元世祖报捷。奥屯希尹被任命为广东道宣慰使。他的官职比张弘范的官职还大。潮汕及广东大部都归他管辖。

张弘范是汉军万户张柔的第九子。他在崖山之战一年后，至元十七年（1280年）因病死去，死在文天祥前面。他儿子张珪被元世祖忽必烈册封为镇国大将军。但是张弘范这一支族人下场不好，虽然不是灭族，却也是相当惨，因为张珪的儿子张景武（张弘范孙）在元明宗兄弟争夺皇位时，站错了队，他支持的上都一方最后失败。据说张景武的五个儿子在保定被处决，还把他们家的家产全部没收。张珪这一支最后只剩下张景武之女，也就是张弘范的一个曾孙女，王爷额森特看中她清纯美貌，不忍杀害，纳她为妾。张家三代将军，赫赫威名，最后却落得如此下场，令人唏嘘。

元世祖忽必烈是中国历史上仁慈宽容和有人情味的皇帝之一。有几个故事可以说明忽必烈的宽仁和通达的人情味。

1. 蒙哥登上汗位之初，一次召见忽必烈（当时忽必烈还是藩王）和他金莲川幕府的谋士，问治平之道。赵璧直言不讳地说："先诛近侍之尤不善者。"意指他亲近重用阿蓝答儿等反对汉法的保守派。结果让蒙哥震惊，脸色大变。事后，忽必烈对赵璧说："秀才，汝浑身是胆邪！吾亦为汝握两手汗也。"从忽必烈对赵璧推心置腹的话语来看，他们不仅有君臣之义，而且有挚友之情。事后，忽必烈让察必王妃亲手为赵璧缝制了一套衣服，就像当年忽必烈的母亲唐妃亲手为忠心耿耿的"大哥"奥屯世英缝制衣服一样。这是至纯的人情味。

2. 忽必烈对心腹谋士刘秉忠（子聪和尚）更是无微不至地关怀。一次曾赐银千两，刘秉忠推辞说："臣山野鄙人，侥幸遭际，服器悉出尚方，金无所用。"忽必烈直率地说："卿独无亲故遗之邪？"意思是难道你就没有亲朋故友可以赠送吗？还让原本是和尚的刘秉忠还俗，把翰林侍讲学士窦默的女儿许配给他为妻。是刘秉忠向忽必烈倡议创建"元"国号，内涵寓意为：（1）大哉乾元，语出《易经》，其义是蓬勃盛大的乾元之气是万物创始化生的生生不息的动力资源；

（2）元字拆分为：二儿，暗喻忽必烈在嫡子中排行老二。皇帝年号"至元"寓意亦如出一辙。刘秉忠不仅主持营建当时世界第一大都城元大都工程，还创建了元朝的官制，制定朝廷礼仪、章服、俸禄制度，参与选拔官吏和推荐人才，包括向元世祖推荐了科学家郭守敬，使不少汉族知识分子和有识之士参与到元朝政权机构中来，对元朝政体设计、元朝政权的建设和发展，做出了巨大贡献。刘秉忠相当于元朝的萧何，最后位至三公，官太保，谥"文正"。忽必烈的人情关怀如此温暖，直教人生死相许，真是元朝版"士为知己者用，女为悦己者容"。

3. 蒙哥汗即位后，开始实行对南宋的战略大包围，试图从中国西南地区寻找南宋防线的突破口。1252 年，他把进攻云南的重任交给了弟弟忽必烈。让忽必烈为主帅，与速不台之子兀良哈台统军十万远征云南，灭大理国。临行前，谋臣姚枢特别向忽必烈讲起北宋名将曹彬攻取南唐不枉杀一人的故事。第二天清晨上路，忽必烈在马上兴奋地向姚枢喊道："汝昨夕言曹彬不杀者，吾能为之，吾能为之！"在攻伐中尽量减少不必要的杀戮，这是作为一代仁慈君王的底线，也是成为大国明君的条件。

4. 忽必烈登上皇位后，有一天属下向他禀报，说是在大都有户人家，昨夜出生了一个男婴，出生时出现满屋红光，有可能是将来帝王之兆。言外之意，应该早除祸害，以免遗患将来。元世祖开心一笑，不以为意。还派人向婴儿家送去礼物，表示真诚祝贺。小孩父母感激涕零，感谢皇帝厚爱。这个男婴长大以后，成为元朝的一位官员，为大元效忠。这段佳话，载于野史，说明了元世祖忽必烈的宽广胸怀、通情达理、体恤民情。

5. 当年廉希宪在川陕安抚使任上时，故意违背忽必烈赦免旨意，让人在狱中把叛乱主谋刘太平等先处死，把尸体拉到大街上示众后才去接旨。川陕人心安定下来。廉希宪后来向元世祖请罪，忽必烈不但没有治他的罪，反而还夸奖他，说廉希宪懂得"权变"，擢升他为宰相，信任有加，赞廉希宪是"男子中真男子"。

6. 宋太祖赵匡胤的十一世孙，大画家、大书法家赵孟頫，忽必烈第一次见到他时，便对他的气质大加赞叹，惊呼他为"神仙中人"，破例授予兵部郎中职务，还经常召赵孟頫进宫。有人提出赵孟頫是"宋宗室子，不宜使近左右"，忽必烈对此满不在乎，不但不疏远，还更喜欢他。赵孟頫在元世祖去世多年后，还满怀感恩之心地写诗怀念道："先帝昔在御，如日行虚空。六合仰照耀，一方顾颛蒙①。"把元世祖比作心中的"红太阳"。赵孟頫是宋朝皇族后裔，才华横溢，贵族风范，他对元世祖的歌颂赞美发自内心，情感是真挚的。

7. 元世祖忽必烈看人眼光独到，用人用其所长。前有刘秉忠、廉希宪，后有伯颜，皆堪当大任而不负信任，立下盖世之

---

　① 颛蒙，意思是愚昧的我受到关照。

功。特别是伯颜，少长于伊利汗国，是伊利汗国断事官之子，信奉也里可温教（基督教），以智慧善断著称。至元初年，奉伊儿汗旭烈兀之命随使入朝请示汇报，伯颜只是一个年轻的随从，忽必烈喜欢他的诚恳与机敏，侃侃而谈，落落大方，觉得他才堪此大任。于是让他留在身边，不随团回去。伯颜受元世祖忽必烈赏识，拜中书左丞相，后升任同知枢密院事，掌管大元的军国大事。

元世祖让木华黎的曾孙时任宰相的安童把妹妹嫁给伯颜为妻，说"做伯颜的妻子，不令你的姓氏失色"。元世祖命伯颜率大军攻灭南宋，说伯颜智略过人，深明大义，用兵筹谋，出神入化，令行禁止，统二十万大军如统一人。他灭了南宋后，成功还朝，口不言功，行囊仅有随身衣被，虽立下不世之功，却依然谦谦君子，不倨不傲。元世祖又让他镇守和林，专门对付黄金家族内此起彼伏的叛乱和袭扰。伯颜简直就是一个优秀的草原救火队队长。

李瑄之乱被平定之后，忽必烈严厉惩处了有关人等，处死了中书平章政事王文统。随后，在忽必烈有生之年，漠南汉地基本上未发生大的叛乱事件。

可是以窝阔台后王海都为首的四大汗国内部的攻讦，即黄金家族的内讧，不是一般叛乱，让忽必烈一生都很头疼。海都，蒙古第二代大汗窝阔台的嫡孙，阿里不哥投降后，他继之而起，扯起反对忽必烈的大旗。同阿里不哥相比，海都是一个更难对付的家伙。他不仅复兴了衰落的窝阔台汗国，成功地控制了察合台汗国，甚至还将西面遥远的钦察汗国也拉拢到自己的一边，常袭扰大元漠南边境，闹得人畜不安。1276 年，忽必烈的四子北平王那木罕被蒙哥子昔里吉、蒙哥孙撒里蛮等宗王囚禁，交给海都看押。忽必烈非常恼火，特意抽调伯颜去平叛。

那帮黄金家族内的不服者遇到伯颜，常被收拾得服服帖帖，估计伯颜是手下留情了，没有把他们斩尽杀绝，因为是黄金家族嘛，他下不了手，知道他们始终是内部矛盾，终将"分久必合"。忽必烈终其一生都未能彻底平复内讧之乱。直到海都去世后，内乱方得消停，四大汗国才首次一起承认元朝的宗主国地位。元成宗铁穆耳大德七年 (1303 年)，他成功地与伊尔汗完者都、钦察汗脱脱、察合台汗笃哇、海都之子窝阔台汗察八儿讲和，终于结束了西北长期动乱局面，四大汗国及东西道诸王才一致承认：元朝皇帝是成吉思汗的合法继承人。

有关马可·波罗和《马可·波罗游记》，人们有许多争议。有一种观点是说马可·波罗确有其人，但是《马可·波罗游记》一书是别人写的，说是 1275—1292 年，马可·波罗在中国生活了 17 年。他跟随元军把元世祖忽必烈赐给伊尔汗的王妃阔阔真护送到了伊尔汗国后，1295 年回到了威尼斯。当地人看到他穿着东方的服装回来，又听说他到过中国，带回许多珍珠宝石，都轰动了。不久后，威尼斯和热那亚发生战争。马可·波罗自己花钱买了一条战船，亲自驾驶，参加了威尼斯的舰队。结果威尼斯战败，马可·波罗被俘，被关在热那亚的监牢里。热那亚人听说他是个著名的旅行家，纷纷到监牢里探视，请他讲东方和中国的情况。跟马可·波罗一起被关在监牢里的有一个名叫鲁思梯谦的作家，他把马可·波罗讲述的事都记录下来，编成一本书，这就是著名的《马可·波罗游记》，又名《东方见闻录》。

《马可·波罗游记》对大都、扬州、杭州、成都等地都做了详细的介绍，激起了欧洲人对中国文明的向往。而受其影响的哥伦布，本来想去中国和印度，却误打误撞，发现了新大陆。可见《马可·波罗游记》对世界史都产生了影响。

至元十二年（1275 年），马可·波罗与父亲和叔叔一道来到中国，第二年，去大都觐见皇帝。那一年元世祖忽必烈刚刚征服了高丽国，正准备灭南宋，睥睨天下，心情大好。皇帝喜欢并留下了年轻的马可·波罗，让他的父亲和叔叔回去向罗马教皇禀报，请求派遣 100 名教士来中国传教。（这一定是信奉天主教的伯颜的主意。）

其时奥屯贞正好在场。据《元史》记载，马可·波罗奉诏上大都觐见元世祖，元世祖赐予他黄白金和锦衣，并封他为"明阶将军兼蓬莱路总管"。据《马可·波罗游记》描绘，皇宫里奏起了蒙古音乐"阿斯尔"，上百个美丽的盛装蒙古少女跳起了欢快好看的舞蹈。

《马可·波罗游记》对大都的描绘：

（1）繁华的商业之都，世界各国商人都来做生意。

（2）笔直整齐的街道，如棋盘一样的城市建筑。

（3）城市中央有座钟楼，夜晚钟响三次后实行宵禁。

对成都的描绘："那里有一个名叫成都府的地区。市内有一座大桥横跨在其中的一条河上。从桥的一端到另一端，两边各有一排大理石桥柱，支撑着桥顶……"如今成都锦江的合江亭，复原了马可·波罗所描述的景致：壮观而精致的亭桥。可以断言，他确实来过。

至于杭州就不用说了，他描绘杭州是个百万人口的大都会，是个美女如云的浪漫之都，所谓"上有天堂，下有苏杭"，首先指的就是这温柔之乡，令人流连忘返。

据说他在扬州住过三年，这是有可能的事情，但可以确定的是他没有在扬州做过官，更没有做过扬州的总管、达鲁花赤等大官。元世祖只是让他到各处看看，一次是从大都到云南，一次是到泉州，连巡视都算不上，只是让他去考察，然后汇报沿途的见闻，可能给了些盘缠，发了通关文牒，让各地政府给予关照而已。他回来后，向皇帝生动地汇报了一路所见所闻。元世祖很高兴。

马可·波罗确实来过中国，他带走的那片云彩是东方绚烂的文化和当时世界第一强国的辉煌传说。在成吉思汗之后，是马可·波罗让世界对中国另眼相看。

忽必烈善待投降的南宋皇帝一家，以及善待了不投降的文天祥的家属，可以看出元世祖的宽容心、仁慈心和人情味。可是，忽必烈的宽仁与人情味是有底线的。他的底线是：不得背叛，不得触犯他的皇（汗）权。谁触犯了，谁倒霉，绝不宽宥，甚至是太子也不行。

太子真金（真金是其蒙古名奇恩给米的译音）之死可能是元世祖忽必烈一生最大的隐痛。

真金是忽必烈与察必皇后所生嫡二子（老大夭折），他从小受儒学熏陶，在姚枢、王恂等儒人教导下，真金在青年时期就接受了儒家思想及治国理念。儒家忠孝、节俭、爱民等观念，在一定程度上成了他的行为准则。

至元十年（1273 年），真金被册封为大元皇太子。立太子是汉制，并非蒙古传统和《大扎撒》的规定，可以看出忽必烈尊崇汉法和对儿子真金的喜爱和寄托的厚望。

太子真金开始时老老实实地在各个要害部门体验工作，因为他是中书令，天天到中书省打卡，参与文件的审批，深得父皇和大臣们喜爱，大元儒臣对他寄予期望。后来由于元世祖宠信财臣阿合马，阿合马营私舞弊，任用亲信，排斥儒臣，引起众怒。真金用鞭子抽过阿合马，所以阿合马最怕真金。

阿合马最初是察必皇后娘家陪嫁过来的家奴，由于特别会理财和敛财，被元世祖发现并十分欣赏，当时忽必烈大手笔赏赐诸王，加上朝廷的开销非常大，所以阿合马受到重用。但阿合马在元世祖专宠之下，得意忘形，为所欲为，目中无人，使得几乎所有儒臣都厌恶他。一次，武将王著联络高和尚等一帮反对阿合马的人，趁元世祖与太子真金北往上都时，假传真金太子回銮，命阿合马见驾，乘机刺杀了阿合马。元世祖知道后震怒，处死了为首的行刺者。元世祖认为真金虽不在场亦不知情，但人借其名，多少与此有关。后来查出阿合马许多贪腐罪证，阿合马部分亲党余孽被明正典刑。但此时忽必烈与真金父子之间产生了芥蒂：有权力迭代的因素，也有政见不合的原因。

至元十八年（1281 年），察必皇后去世，元世祖忽必烈很伤心。两年后，元世祖册封比他小很多岁的南必为皇后，恩宠有加。当时元世祖已年近七十，渐渐感觉体力不支，经常不能上朝。年轻的皇后阻挡大臣见皇帝，各种托词，有事需报南必代为通报，有干预朝政之嫌，诸多大臣很难面见皇帝，于是引起不满。一位不要命的大臣竟然上书，说皇帝年事已高，为国家计，希望老皇帝尽快将皇位禅让给太子真金。这个触碰了老皇帝内心的底线。

尽管御史台都事玉昔贴木儿和中书右丞相安童谋划将奏本压下，但此事到底还是被阿合马的同党卢世荣等知道并捅了出去，意在打击报复太子真金。忽必烈听闻后怒不可遏，感觉妄议大元皇权禅让，有逼宫之嫌，于是清查中书省的所有文件。试图查找那份奏折原件，几经周折终于查到，皇帝立刻将那个上书的大臣革职查办，但却没有过多难为协助隐匿奏本的安童和玉昔贴木儿。因为他们主动承认了压下奏本的错误，并告发了卢世荣的贪腐等罪行，以及卢世荣等欲打击太子，动摇国本之实。其实这件事根本不关真金的事，他是事后方知，但他很害怕，食不知味，夜不能寐，整日忧心忡忡，好像世界末日就要来临。

元世祖查到那个奏折后，一日下令召太子进宫。太子真金见父皇怒容满面的样子，就像自己犯了不可原谅的大罪一样，战战兢兢，磕头在地，不敢抬头。看着曾经可爱孝顺的儿子，现在的潜在权力竞争者，那副可怜兮兮的样子，老皇帝忽必烈不知是一时冲动还是出于真心，说："真金，父皇老了，身心俱疲，今后就将皇位禅让给你，可好？"真金一听，心中一震，颤声说："儿臣不敢有非分之想，儿臣不知此事缘由。"

真金担心父皇会废掉自己的太子之位。忽必烈不等他说完就插话道："这怎么算非分之想呢，这位子早晚还不是你的，何必心急？"不听真金解释。

真金吓得魂不附体，轻声哭泣。忽必烈见如此情景，良久无语，叹了口气，摆摆手道："你回去吧。"真金回到家里，心想父皇莫非是想废掉自己的太子头衔，把南必皇后之子铁蔑赤扶上太子位。有了这个想法后，真金整日里惶惶不安，最后竟抑郁不治而死。那是1285年的事，真金去世时年仅43岁。

皇帝与太子的关系比婆媳关系还要难处，是最亲近又最危险的关系。老皇帝若是长寿，很少有不出问题的。

幸好真金的母亲察必皇后已去世四年，否则爱子英年早逝，不知会多么悲伤痛苦。其实，真金之死对元世祖的打击还是挺大的，否则元世祖绝不会一蹶不振。元世祖相继失去至亲，察必皇后和爱子真金。往日的美好也许不时浮现在脑海，虽贵为帝王，惯于孤家寡人，亦难免感到老境的孤寂。

他已经毫无斗志，只有日日依恋美酒、各种美食，包括他自己发明的涮羊肉。据说忽必烈晚年奇胖，行动不便。他已经无心无力再度发动对外战争。至元三十一年（1294 年）春，元世祖驾崩于大都紫檀殿，享年80岁。归宿地不儿罕山起辇谷。

再说真金死后，元世祖痛心不已，立其幼子铁穆耳为皇太孙。至元三十一年（1294 年），元世祖去世，铁穆耳在丞相伯颜和母后阔阔真帮助下，顺利即位，为元成宗。

元成宗是元朝有名的守成之君，在位 14 年，各项工作都做得不错。

政治上，平定海都及乃颜之乱，使得四大汗国承认大元的宗主国地位，这是他爷爷元世祖梦寐以求而求之不得的。

经济上，减免赋税，轻徭薄赋，宣布停建非急需的土木工程，重新丈量土地，以利民生，同时充实国库。

外交上，放弃对日本、安南、缅甸、南洋的对外战争。采取有效的恩威并施的政策，专注于内政。

内政上，大力反贪腐，削弱诸王权利。查处罢免的贪官污吏就有 18000 多人，查出赃款 15000 多锭（元代银锭五十两为一锭），审理冤假错案 5000 多件。在元大都修建孔庙，尊孔崇文，大德十一年 (1307 年) 正月，加封孔子为"大成至圣文宣王"。

元朝有中兴新气象。

一切都在向好的方向发展。可是铁穆耳皇帝身体却出了问题，大德十一年（1307年）二月十日，元成宗驾崩，享年42岁。他唯一的儿子，德寿太子不到一岁就死了，他膝下有女，无子。皇位传给谁不确定，在元世祖的嫡孙安西王阿难答与其侄辈海山兄弟之间争夺。奇怪的是，从元成宗驾崩到元顺帝上台（1307—1333年）这26年间，皇帝就像走马灯似的换了九位。他们要么是短命被杀，要么是短寿病死。内讧权斗、酒色伤身，是他们的通病。

阿难答是元世祖忽必烈三子安西王忙哥剌之子，从小跟着穆斯林乳母长大，自然而然信奉伊斯兰教。长大后他承袭王位，手握重兵，西北地区军政大权基本被阿难答控制。成宗去世时，阿难答的统治势力已南达四川，西到吐蕃，西北抵哈剌火州，包括陕西、宁夏、甘肃在内的西北大片领土。

阿难答在争夺皇位的斗争中，功败垂成，被爱育黎拔力八达抢先一天发难，阿难答失败被杀。结果答剌麻八剌之子，成宗铁穆耳之侄，年轻的怀宁王海山成为权力斗争的胜利者，登上皇位，为元武宗。他封其弟，帮助他夺得皇位的爱育黎拔力八达为皇位继承人，四年之后，海山去世，他弟弟爱育黎拔力八达按约定继位，为元仁宗。

1313年，元仁宗诏令恢复科举，这是元朝文治的里程碑事件，是名留青史、利国利民的好事。

一般朝代或国家灭亡，都是因为内忧外患。元朝没有外患，只有内忧。另外元朝不是被灭亡的，而是崩溃的。因为元朝皇帝逃亡漠北，没有被杀，没有被俘，更没投降。比起北宋的徽、钦二宗，以及南宋被俘或被陆秀夫背着跳海自杀的小皇帝，算是幸运的。当然比起金朝被灭国时，也是幸运的。元朝晚期实行铁腕统治，但是依然难逃崩溃命运。

导致元朝崩溃的原因有很多，但主要的有两点：

一是内讧不断，黄金家族内部权斗，国家元气大伤。

二是滥发钞票，过度搜刮民脂民膏，元朝廷信用尽丧。

大元，曾经的世界第一强国，有效统治中国 97 年（1271—1368 年），虽不算太长，但也曾创造小康盛世，影响波及欧、亚、非，威慑日本。一朝崩溃不复重来，只留下传奇与传说。其教训值得后世深思。

第十五章

安宁之源，奥氏先祖

这是曾经弑君上台，又被弑的大金皇帝海陵王的诗，看得出相当有气势，相当有水平。

题临安湖山画壁

〔金〕完颜亮

万里车书尽混同，
江南岂有别疆封？
提兵百万西湖上，
立马吴山第一峰！

海陵王完颜亮是完颜阿骨打长子完颜宗干之子，因受汉文化熏陶，能咏写漂亮的诗词，显得极有才干，曾题扇文："大柄若在手，清风满天下。"显得雄心勃勃、胸怀天下的样子，不逊于唐末起义领袖黄巢《题菊花》中"他年我若为清帝，报与桃花一处开"的气势。

完颜亮初时处世待人平和谦逊，很会笼络人心。完颜亮任平章政事时过生日，金熙宗赐他礼物，悼平皇后裴满氏也附赐礼物，金熙宗不高兴，后果很严重，完颜亮被金熙宗索回了所赐之礼品。金熙宗完颜亶是个儒雅而又残暴的双重性格的人，他一方面能"赋诗染翰，雅歌儒服，宛如一汉家少年"，另一方面，又嗜酒如命，喜怒无常，宴席上一事不顺心就随意杀人，是个疑心极重而又心狠手辣的人。完颜亮等人利用河南兵士孙进冒称"皇弟按察大王"行骗案，故意挑拨，金熙宗的亲弟弟只有完颜元和完颜查剌。在没有证据的情况下，金熙宗就把自己的亲兄弟都杀了，等于自毁长城。

完颜亮先被贬出京，后又被召回，他忧心忡忡，担心熙宗滥杀，自己朝不保夕。为保命，他不得不先下手为强，与完颜秉德、徒单贞、唐括辩、李老僧等暗地里策划，收买内侍，拿到内宫钥匙，在皇统九年十二月九日这一天夜里，打开宫门，潜入熙宗寝宫，将金熙宗杀害。金熙宗死后，他又杀了曹国王完颜宗敏、左丞相完颜宗贤等熙宗旧臣。金熙宗被弑，殁年仅

31 岁。众人按预谋，拥立完颜亮为皇帝，他时年 27 岁，改皇统九年（1149 年）为天德元年，后又先后改年号：贞元、正隆。在位 15 年。

完颜亮篡位上台之后，主要点了三把火：

（1）清理门户，肆意杀掉潜在权力竞争者。

完颜亮当上皇帝时，金太宗完颜吴乞买的儿子在河朔、山东、真定等地任职，占据战略要地，一旦有变，后果不堪设想。于是完颜亮在上台后的第二年就向太宗一系的子孙开刀，完颜卞、完颜宗哲、完颜京、完颜宗雅、完颜宗义等太宗子孙被杀的有 70 余人，太宗后代全部被杀。出于同一目的，久握重兵在外的宿将完颜撒离喝也被杀。此后海陵王又借故把宗室完颜宗本、完颜宗美、完颜宗懿以及跟他一起谋逆的完颜秉德等人诛杀，使完颜宗翰子孙 30 余人、完颜斜也子孙百余人、完颜谋里也子孙 20 余人等众多宗室大臣灭门。他的嫡母徒单氏对海陵王大杀宗族表示反对，完颜亮嫉恨她过去常常欺负自己生母大氏，于是派人将她杀戮于宁德宫，并将她的侍婢十余人一并灭口，将尸骨投入水中冲走——完颜亮嗜杀，到了几近疯狂的地步。

可见权力以自保之名用于作恶之可怕，之残酷，亲情一文不值，离权力中心越近越危险，可能首先遭受戕害。

（2）从上京会宁迁都到燕京，改名为中都，便于统治中原和整个华夏。那是 1153 年的事情。同时把女真人从东北大规模移民到中原内地。海陵王迁都燕京，功在当世，影响千年。金朝以后，元朝以燕京为都城，改名大都。明朝、清朝都将此地作为都城。北京先后成为五朝（辽、金、元、明、清）古都，可见其在中国的特殊地理位置，当年完颜亮的战略眼光之独到。

也是在 1150 年左右，奥屯家族从黑龙江五国城的奥里米，分成两拨迁出：一拨人迁徙到山东益都府封地，是奥屯妙善的爷爷镇国上将军知密州那一支；另一拨迁徙到陕西蒲城封地，是奥屯世英的爷爷奥屯浦乃的一支。

（3）为消除人们对前皇帝的记忆与怀念，海陵王下令废掉上京，改名"会宁府"，并彻底拆除原来的宫殿，将其夷为平地，种植庄稼。海陵王只保留太祖完颜阿骨打一系宗室的王位，取消所有的异姓王封号，即便死去异姓王的墓葬碑记，都要把碑砸断埋掉。怪不得笔者在《金史》上查找奥氏家族的一世祖奥屯黑风的封王记录查不到。在《元史·奥屯世英传》中有记载："其先居上京胡里改路，徙蒲城，遂为蒲城人。其远祖黑风，佐金太祖征伐有功，封王。"

特别是在奥屯贞的《故大元昭武大将军嘉定路总管奥屯公神道碑》记载："远祖黑风，金爵之至王。"在元人贾彝写的《奥公去思碑》说："高大父扎鲁立功金源，封黑风王。"意为：奥屯赢（奥屯周卿之孙）的先祖，叫奥屯扎鲁，为金朝立下大功，被封为黑风王。因为时距较近，可信度较高。

奥氏家族在有元一朝，享受荣华富贵而平平安安，从奥屯世英 1227 年跟随拖雷王子起，至 1368 年大元崩溃止，近一个半世纪，有七代人都在富足美好而平静中度过。比许多帝王之家以及那些曾经不可一世的权贵之家过得都安好，从从容容，踏踏实实。因为富贵如浮云，显赫人家，如果不能平安地度过漫漫岁月，经不起时光考验，那富贵有如黄粱一梦，梦醒时分，一切化为乌有，不值一提。唯有行善积德之家，才有福报余庆。

俗语说："富不过三代。"但奥氏家族从黑风大王算起到元末，约三百年的时光里，富贵荣华了十二代人。

从明朝、清朝至民国到现在，奥氏家族成员主要务农、行医、经商，很少为官。清光绪十五年（1889 年），由蒲城医者奥氏家族第二十八代奥振堂主持修撰的《奥屯氏族谱》，其前言有"吾家世代务农"语，表明奥氏族人自明朝至清末的五百多年间，过着平凡人家的生活。在金、元、明、清及民国五个不同时期，经历战乱兴衰、天灾人祸而能安然无恙，并非易事。他们安守本分，有能力的人就做点善事。如医者奥振堂，为穷困人家免费医治。奥姓人口不多，又相互帮助，无论何地奥氏族人相见都格外亲切，故有"天下奥姓是一家"之说。

古代中国有以地名为家族姓氏的习惯。奥屯家族在金代，叫"奥敦"（ODUNHANA），有强盛之意，与"奥里米"（ODUNHANAMI）城的发音相似。据此推断，奥氏家族发祥地就是五国城的奥里米城。

　　位于黑龙江绥滨县绥滨镇西九千米处的奥里米古城，不光是个古地名，还是我国古代辽金时期北方少数民族政治、文化活动中心城市之一。可能是出土文物比较重要，以及其历史地位，奥里米城遗址现在是国家级重点文物保护单位。而位于黑龙江依兰县的五国头城遗址，当年是囚禁徽、钦二宗之地，现在是省级重点文物保护单位。

　　奥里米，又写作"敖来米"，是女真语"渡口"之意。奥里米古城，俗称"西古城"，敖来河畔南距松花江 1000 米，

奥里米城遗址出土的金代贵族服饰

奥里米城遗址出土的金代水晶兔

奥里米城遗址出土的金代鹿玉牌

奥屯家族的发祥地——奥里米城址

据新编《绥滨县志》载，奥里米城建于辽兴宗重熙六年（1037年），金代又修整加固。

奥里米金墓出土的玉透雕牌上，雕有一对赤鹿，一只公鹿长角弓背，傲然挺立；一只母鹿回眸凝望，显得温文娴雅。左右两边各有一棵小树，表示鹿在林中栖息，具有女真人装饰特点。另外奥里米金墓还出土了金代贵族服饰。下图为左衽窄袖袍、长裙穿戴展示图，全国罕见，为研究金代服饰提供了第一手重要资料。故2001年国务院批准奥里米城遗址为全国第五批重点文物保护单位之一。

辽代居住在松花江、黑龙江、乌苏里江下游的"生女真人（没有编入辽国户籍的女真人）"建立了越里吉、奥里米、剖阿里、盆奴里、越里笃五大部落，史称五国部。奥氏家族的先祖是五国部奥里米部的部族酋长，称为勃堇。平时叫勃堇，战时就是千夫长，金代叫"猛安"，下属的百夫长叫"谋克"。

金代奥里米部相当繁荣，有万户人家，几万人口。金廷为了加强对内地的统治，从奥里米部迁走大量女真人充实到内地。这正是奥屯家族陆续迁徙到内地的时期。

"奥里米"这个地名，千年未变。其他地名均有改变，比如"越里吉"，后来改名叫"依兰"。奥里米西城遗址隔着敖来河，东岸有个奥里米东城，又叫中兴城。从现存的残垣断壁依稀可以看出当年的雕梁画栋，气势恢宏，可以推断：敖来河可能就是"按出虎水"，即正宗"金源"核心地区，女真大金国的发祥地。"按出虎"是女真语金色的意思，"水"有江河源头之意。

来到离奥里米不远的五国头城（今依兰县），那里曾经是囚禁宋朝徽、钦二宗之地。当年遗迹已荡然无存，唯有的一块标明省级文物的石碑立于红色的小亭中。

笔者想起野史小说中的一段故事，那是描写黑风大王先祖的功德事迹的。黑风大王虽然在《奥屯族谱》中被奥氏族人认定为第一先祖，因为他战死沙场而被金太宗完颜吴乞买（完颜晟）追封为异姓王，但黑风大王的先祖是谁呢？奥氏族人尚不清楚。当然追溯上去，没完没了，也缺乏可靠资料。鉴于奥敦（温敦）家族是完颜家族的世代姻亲，我们根据敖来河东西两岸，即奥里米东西两城遗址考古发现，以及野史小说，特别是依据《大金国演义》里描绘的故事年代，可以把黑风大王的先祖上推四辈，即黑风大王的曾祖、外曾祖一辈。

野史记载完颜氏老祖宗之一，叫函普。函普是高丽国大臣朱理真的二儿子。公元918年，高丽国王建立王氏高丽国，统一朝鲜半岛。由于1009年高丽国发生政变，西京留守康肇杀死穆宗，拥立显宗为王。函普的父亲朱理真属忠于穆宗的旧臣，被政变者在朝堂杀害。函普三兄弟闻讯，无比悲伤，不得不在母亲催促下，流着泪各自逃亡。果然，三兄弟刚刚从后门跑出府邸，整个院子就被包围，奶奶、母亲和家人皆被杀。

二儿子函普乘夜逃出王京开城。往西北方向走啊走，一直走到了鸭绿江边。那时他十七八岁，年轻力壮，独自泅水渡过了鸭绿江。他知道已经进入大辽国地界，安全了。把危险而眷恋的祖国高丽国甩在身后。他继续漫无目的地行走在白山黑水间，不知不觉来到了生女真人的地盘。带的干粮早已告罄，他就摘野果充饥、喝泉水解渴。他手里拿着一截粗树枝，既可当拐杖，又可当防身武器。

一天中午，正在他饥渴难耐的时候，奇妙的事情发生了。他听见一个小孩的哭泣声。一看，是一头狼，口里叼着一个小

黑龙江依兰县五国城遗址

孩，匆匆跑过来。他拿着木棍藏在一块大石头后面，那匹狼好像嗅到有人，立即警觉起来，把口中之物放下，绕过大石头扑过来，说时迟那时快，函普猛力挥棒一击，刚好击中了狼的鼻梁，恶狼连嚎叫都没来得及，倒下伸伸腿就死了。函普摸摸小男孩的鼻息，还活着。不一会儿，有几个披着兽皮的猎人赶过来，看见受伤而流血的小孩在哭，旁边蹲着一个男青年在为他包扎伤口，背后躺着一匹死狼，猎人高兴地大喊："小伙子，

金代奥里米东城遗址

你救了我们女真人的孩子，谢谢啊！""怎么谢你呢？"

　　那时双方语言不通，打着手势。猎人是敖来河岸边奥里米西村的，赶紧用他们的常备药给小孩伤口涂抹上，同时派人跑回村去拿来两副担架，一副抬受伤小孩，一副抬恩人，函普享受到英雄待遇。

　　函普进了奥里米西村后，受到全村上下的热烈欢迎。开始是在村公所暂住，后来村里专门为他盖了住房，完颜酋长把村里公用地拨了几亩给他，教他打猎和农作。慢慢地他学会了女真人的语言，后来娶了完颜氏女子为妻，融入了当地生活。当时，隔着敖来河，奥里米西村和东村经常由于争水源、土地、狩猎等闹矛盾，甚至发生群体械斗，还出现过打死人的命案。家家户户都或多或少有怨仇，似乎是永远也解不开的结，奥里米东西两村的人都为此苦恼极了，不知道如何解决。

西村酋长把内心的苦恼告诉了函普。函普说："我有办法消除双方的仇恨，让我来试试吧。"于是他游过敖来河到对岸的奥里米东村去。最早时有桥，由于两村经常闹矛盾，桥被村民拆除了。东村的奥敦勃堇酋长听说过函普的事，很尊重他。问他："函普君泅水而来，有何见教？"

"见教不敢，我今受西村勃堇和全体村民之托，来与奥敦勃堇你商量如何解决奥里米东西两村最棘手的问题。两村相隔咫尺，乡里乡亲，常常为点点小事争得你死我活，大打出手，冤冤相报，如何了结？"

"是啊，我们也为此无限烦恼。你有什么好办法呢？说来听听。"函普说："过往之事权且不提，我以"量化赔偿之法"来解决今后相互发生的争执，可以大事化小，小事化了。"

东村勃堇再问："能否详细告知你所想？"

"是这样的，"函普答道，"今后两村之间如再发生械斗事件，打死一个人，不管什么理由，谁先动的手，加害方必须赔偿对方十头牛、三十只羊，打伤赔半。无论是谁，都照此办理，不许再寻仇。当然谋杀案除外。"

东村勃堇与他的同事听了直点头说："此法甚好。我等赞成。请你转告西村勃堇，我们签字画押，以后双方遵守，如何？"函普写成合约，当时女真尚无文字，高丽使用汉文，合约是用汉语写成的。双方达成意愿，函普高兴而归。西村酋长闻之，喜不自胜，即在合约上签字画押。双方各自召开了村民大会，宣布了合约内容。大家都表示拥护。

以后双方发生争执，打死打伤对方的人，都勒令如数赔偿，赔不起的，先由勃堇垫付，以后慢慢偿还。矛盾不扩大，节制而可控。执行之后不再流血，过往的仇恨渐渐消失不计。敖来河上的桥，又重新搭建起来。那是公元 1020 年的事情。

函普真是功德不浅啊！他的"量化赔偿法"解决了棘手难题。即使是今天的法治社会，要化解仇恨也是很难的。宽容是一种美德，而让人宽容无悔则是更大的美德。

二十年后，奥里米西村勃堇去世后，因他无子，函普是他的女婿，那时年轻力壮，又有文化和威望，最后被西村村民一致选举为勃堇，而且世袭罔替。函普之子将奥里米西村扩大成奥里米城。那是 11 世纪 70 年代的事，正好与修筑奥里米城时间吻合。

由于函普是完颜家的上门女婿，所以按传统习惯，他的子女就姓完颜。函普有三子一女，女儿取名叫完颜注诗板，长大后嫁给奥里米东村老勃堇的孙子为妻。在注诗板的陪嫁宝贝里，有一块雕刻着双鹿的祖传玉牌，寓意幸福快乐，还有一个水晶兔子，因为注诗板是属兔的。东村勃堇姓奥敦（又作温敦，女真语：ODENHANA），以后两家人又相互嫁娶，所以完颜家与奥敦家成为姻亲世家。

完颜注诗板出嫁到奥敦家，那是1040年的事情，从年龄来看，应该是奥敦黑风的奶奶辈。如果1129年黑风大王去世时在四十至五十岁之间，那么他应该出生于1080年之后。那函普就是黑风大王的外曾祖父，也是金太祖完颜阿骨打的高祖（奥敦黑风应是完颜阿骨打的表叔）。

在历史资料上，黑风大王被称为"温敦郎君"，郎君的意思是：勃堇加上皇家驸马，地位很高。他曾率领本部夺取居庸关，为金朝攻占燕京立下赫赫战功。

按贾彝《奥敦去思碑》："高大父扎鲁立功金源，封黑风王。"他的真名叫奥敦扎鲁，"黑风"是他的王爵封号。"黑风大王"的称号是在《说岳全传》里首次出现的。说是他1127年在太行山地区遭遇宋将岳飞，在两军交战中，被岳飞的丈八长矛挑于马下而受伤。

黑风大王1129年3月战死于陕西凤城的熟羊寨，是被宋军偏将刘惟辅夜袭偷营所杀的。

《吴武安公功绩记》：

"建炎三年，金人内侵已三载矣，春，渡河出大庆关，罗索（完颜娄室）残长安，鼓行而西，跨凤翔汧陇，不浃旬降秦州垂头，熙河陇右大震。熙帅张深遣偏将军刘惟辅总锐兵三千御敌，金人前军逾巩州，惟辅留军熟羊城，以精骑千八百人夜逾新店。敌恃胜不虞，黎明，军堕伏中，惟辅舞稍剌其帅黑风大王洞胸，屠马足下，罗索失势遁走。”

译文：南宋建炎三年（1129 年），金军大举南侵已经三年了，春季金军渡过黄河出大庆关。金将完颜娄室领军攻陷长安，一鼓作气向西猛攻，跨越凤翔、汧水、陇山地带，不到十天工夫，就迫使秦州守军投降，使得熙河陇右地区宋军极为震惊。熙河宋军统领张深派遣副将军刘惟辅率领三千精兵抵御金军进攻。金军前锋部队快速攻占了巩州，刘惟辅在熟羊城埋伏部队，夜幕降临之后，刘惟辅率领 1800 精兵铁骑，悄无声息地袭击敌营新店。金军因连续胜利而疏于防范，黎明时分，金军遭到偷袭，一片混乱，刘惟辅舞动长矛刺穿了敌帅黑风大王的胸膛，将其斩落马下杀死。金大将完颜娄室损失一员大将，失去进攻势头而退去。

黑风大王遗体被送归故里，他的归宿之地应在故乡奥里米城。在奥里米遗址出土的那个有名的透雕双鹿玉牌和水晶兔，也许就是注诗板的陪嫁之物，之后她将其赠给了黑风大王的媳妇。

从奥里米出土的金朝贵族服饰，是比旗袍古老而更具中国古典美的衣裳，是否曾经穿在注诗板及奥敦家年轻女性的身上？是那么的秀美，显得身材修长，身姿曼妙。

那时金朝还未从上京会宁迁都至中都燕京，奥敦家在山东益都和陕西蒲城的封地在数年之后才得到。1123年，金太祖完颜阿骨打驾崩，他弟弟金太宗完颜吴乞买继位，应是金太宗追封奥敦黑风为异姓王的。按照清光绪十五年《奥屯氏族谱》之说，封为正义王；按历史文献和文学作品上说是"黑风"大王或"哈芬"大王。

据说论辈分，奥敦黑风是完颜阿骨打之父完颜劾里钵的表弟，黑风儿子兀术（世袭猛安）娶了阿骨打之妹。因而奥敦兀术是金名将金兀术（完颜宗弼）的姑父。

至此，我们似乎找到了奥氏家族得千年庇佑之源，从黑风大王曾祖辈就开始的，那就是：

"量化之罚止戈为武，宽容之德劝善成和。"

第十六章

奥氏科学家，金朝状元郎

元代大科学家郭守敬，字若思，是刘秉忠的学生，亦是奥屯丑和尚在天文算法学科的后辈继承者。

聪明天赋

〔元〕刘秉忠

聪明天赋不能求，
求得聪明一世愁。
留得三分不晓事，
禅房深处咽馒头。

郭守敬是中国元代著名的科学家。1970年，国际天文学会以郭守敬的名字为月球上的一座环形山命名为"郭守敬环形山"。1977年3月，国际小行星中心将小行星2012命名为"郭守敬小行星"。中科院国家天文台也将国家重大科技基础设施LAMOST望远镜命名为"郭守敬天文望远镜"。因为郭守敬在七百多年前编制了《授时历》，郭守敬算出一年有365.2425天。其精度每年只比现在的格林尼治时间差26秒，比西方相同精度的日历，要早三百余年。

郭守敬又是实效的水利专家，是把京杭大运河贯通北京积水潭的实际操盘手。元世祖一次从上都回大都，看到千帆汇聚的港口繁忙情景，感叹道："真是好人才，实干家！郭守敬这样的人不会尸位素餐！"被派去原西夏的唐兀之地他也干得不错，他指挥众人疏通了淤塞的渠道，使九百多万亩农田得到水利灌溉，使唐兀之地成为塞上江南。他由都水少监升为都水监。后因精于天文观测，被调到太史院，与他的老同学王恂一起工作，王恂（是太子真金的老师）任太史令，郭守敬担任同知，是主管科技的二把手。

刘秉忠的曾祖曾任金朝的邢州节度副使，他与郭守敬是邢州同乡，《聪明天赋》这首诗的背景是：惋惜郭相信天赋聪明而过于自信，遭被逮入死牢，有杀身之祸。为人不如藏拙几分，不必毕露聪明，可以保命，可以在"禅房深处咽馒头"。

情况是这样的：郭守敬写了一篇有关日全食的论文，太史院同僚王恂临死前告诫郭守敬，一定不要写"宇无极，宙无限，天如鸡子，地如蛋黄"和"成吉思汗一百零八岁诞辰会出现日全食现象"这几句话。因为元世祖受帝师八思巴观点的影响，相信"天圆地方"，迷信地认为：日食或日全食是"天狗吞日"，是不吉利的。郭守敬不畏强权，如实表述，果然触犯天条，被关入死牢。阿合马等人劝元世祖尽快杀了他，而郭守敬向元世祖申辩，坚称自己测算的日全食是自然现象，并非不祥事，届时必将出现，就在大都，大白天即可观看到，不信等着瞧。

元世祖忽必烈也想看看他算得准不准，等到至元六年（1269年）农历四月十六日，成吉思汗一百零八岁诞辰那天正午，果然出现了日全食，忽必烈惊呆了！不得不佩服郭守敬的神奇，确实有真才实学，从此重用他。直到元世祖过世多年后，元成宗还说郭守敬是神人，年过古稀也不让他从太史院退休。他做大元的太史令一直到86岁去世为止，真是"春蚕到死丝方尽，蜡炬成灰泪始干！"

刘秉忠和张文谦也释然了，他真的算准了日全食！

郭守敬的爷爷郭荣若在天有灵，一定会欣喜若狂。因为这一切，都是他爷爷从小对他言传身教、因材施教之果。而他爷爷郭荣的一个挚友奥屯丑和尚，遗留下的文稿和天文观测的笔记图纸，全部传给了郭守敬。尤其是郭守敬改良了从汴京搬来的复杂而不精准的老式浑天仪，他创制和改进了简仪、高表、浑天仪、仰仪、立运仪、景符、窥几等十几件天文仪器仪表，还在全国各地设立二十七个观测站，进行大规模"四海测量"。特别是"简仪"（这是一种用于天文观测兼计时的水动力简仪，能够在水动力作用下将日影仪子午线圈 / 晷面子午线调向正南方），受到奥屯丑和尚的《浮漏水称影仪简仪图》的启发。

爷爷是郭守敬的引路人，奥屯丑和尚是他的精神导师。他的成就有爷爷郭荣和奥屯丑和尚老师的功劳。

据说，刘秉忠曾经收郭守敬为徒，郭守敬对满天星宿都相当熟悉，并能叫出名字，其天文学水平远在刘秉忠之上，刘秉忠没法再教他。在纯科学领域，郭守敬的专业水准比刘秉忠水平高得多。刘秉忠的"上知天文下知地理"，是指政治家的语境；郭守敬的"上知天文下知地理"，是指科学家的范畴。

郭守敬生长在河北邢州（今河北邢台），从小由他爷爷郭荣抚养长大。邢州虽是个小地方，但人杰地灵，他爷爷郭荣与年轻时的好友奥屯丑和尚都是数学、天文学方面的高人。有高人指点和传授，独家文稿资源，加上天赋聪明，后天勤奋努力，郭守敬站在巨人肩上，成就高于巨人。

奥屯丑和尚出生贵族，他的曾祖奥屯黑风在金朝被封为异姓王，所以他天生是做官的人，却不一定是做官的好材料。因为他的兴趣不在弄权而在搞科学。奥屯丑和尚曾经出任邢州经略使，其时郭荣担任他的幕僚，两人经常在一起探讨浩瀚星空、天象以及测量仪器等问题。他们认为当时南北日历不统一，有诸多不便。过去一直使用的日历是南北朝时祖冲之编制的《大明历》，有不少值得改进之处。奥屯丑和尚与郭荣两人相互切磋，常常到了废寝忘食的地步。后来奥屯丑和尚调任山西代州经略使，郭荣离别妻子只身跟随他去了代州。

贞祐元年（1213年）蒙金"野狐岭之战"后，金朝实力已被蚕食鲸吞，金宣宗为躲避蒙古大军对燕京的包围，不得已迁都到中原地区"南京"（今开封），北方兵力开始收缩南移，金朝对山西已是鞭长莫及，因为蒙军已占据京兆，阻断陕西、宁夏、甘肃一带，金朝很难从潼关调援军，忻州、雁门关、代州一带防务单薄，仿佛成为孤城一片。

贞祐四年（1216年），闻知蒙古大军已从陕西经河西走廊来袭，奥屯丑和尚料到抵挡不住蒙古铁骑。因为若敌人是从北面来袭，尚有雁门关可以抵挡一阵，若敌人从东南方向来，则是一马平川，无可阻挡。奥屯经略使为保存天文学的文稿和观测仪器的图纸，提前让心腹挚友郭荣带着这些东西离开代州古城，沿北边长城一线，避开蒙古铁骑。由于郭荣是单身而来没带家眷，几经周折，安全回到邢州。这些资料得以保存下来，后来对郭守敬很有启发。

可是奥屯丑和尚却在雁门关下代州城为金朝殉国。蒙古铁骑轻易攻破代州，再攻取雁门关，奥屯丑和尚指挥抵抗，受伤被俘，因拒绝投降而被杀。

《金史·列传·第六十》仅有短短文字记载：

"奥屯丑和尚，为代州经略使。贞祐四年八月，大元兵攻代州，和尚御战败绩，身被数创，被执。欲降之，不屈，遂死。"

　　金朝多了一个殉难者，中国历史上失去了一位有前途的科学家。如果他能活到元世祖的时代，或许会出成果，像郭守敬那样。个人的命运跟时代的命运是紧密相连的。那时的金朝，犹如后来的晚清，积贫积弱，强大的大蒙古国已在草原崛起。金朝一方面汉化很深，另一方面腐朽没落，也没办法振兴科学文化，照顾科学家的生活和事业。若奥屯丑和尚生活在强盛的元朝，或许会有他作为科学家的一席之地。

代州古城，奥屯丑和尚捐躯之地

奥屯丑和尚战斗过的雁门关

　　奥屯忠孝是金世宗大定二十二年（1182 年）进士，在殿试时被皇帝钦点为第一名，因而就是女真状元。他从小父亲早逝，由母亲完颜氏教育培养成才。他一生官路并不平坦，从翰林编修做到户部侍郎、都水监、河平军节度使、礼部尚书，并拜参知政事（副宰相）。后被贬出京，任济南知府，后知中山（河北正定）。

　　奥屯忠孝一生除考上状元，主要成就有两点：

一是治理黄河，为民办事。奥屯忠孝被任命为河平军节度使兼都水监（金代河防治理最高机构）。奥屯忠孝到任后疏通了七祖佛河及王村、周平、道口、鸡爪、孙家港的河道，又开凿了东明、南阳冈、马蹄、孙村等地的河道。奥屯忠孝经常说："黄河一有灾，老百姓就免不了受苦，再垒十多里长的石岸，民众就更难以承受了。"可见他心中有老百姓。

二是培养了一个优秀的儿子，金朝著名的外交家、民族平等提倡者、礼部尚书奥屯阿虎。1227 年，奥屯阿虎与完颜合周代表金朝去鄂尔多斯附近的"萨里川哈老徒行宫"觐见成吉思汗，与之讲和。奥屯阿虎在晚金的成就和名望，高于他的状元父亲。奥屯阿虎是大定二十八年（1188 年）进士，与张行信同科，只比他父亲考上进士晚六年。可见是一个年轻有为的超级学霸。考上进士时可能还不到 18 岁。

奥屯阿虎出使大蒙古国为金国争取了五年和平时光，比父亲对金朝贡献更大，一生倡导民族平等从而青史留名。

奥屯忠孝是黑风大王的孙子，享年 70 岁，谥惠敏。他有一位堂兄叫奥屯襄，是奥氏族人在金朝做官之最不幸者。奥屯襄也治过水，当过都水少监、石州刺史。后因功升寿州防御使，迁河南路副统军兼同知归德府事、昌武军节度使，仍兼副统军，为元帅左都监。一次奉命救西京（大同），说他领军至墨谷口，被蒙古军包围而全军覆没，奥屯襄仅以身免，因此被除名。后来他不降反升，担任北京（大定）留守。后被部下北京城防司令完颜习烈所害，不久北京发生兵变，完颜习烈又被乱兵所杀。

晚金还有一位奥屯家族的名人叫奥屯良弼，字舜卿。他在金哀宗正大二年（1225 年），曾经以正三品礼部尚书身份出使西夏。他最有名的是留下了《奥屯良弼诗刻石》和《奥屯良弼饯饮碑》。前者是奥屯良弼写给他的朋友、同年进士张炜的诗，被发现刻于蓬莱的山上。后者即《奥屯良弼饯饮碑》，现在是国家级文物。此碑因为是用汉字和女真文字写成雕刻上去的，对研究已经消失的女真文字很有帮助。碑心为奥屯良弼用汉文题的字，写得苍劲有力，书法严谨，称是奥屯良弼的手迹。汉文写于金章宗泰和六年 (1206 年)，左侧有女真文字三

《奥屯良弼饯饮碑》，旁边小字即女真文字

行七十二字，是奥屯良弼友人卜修洪所书之跋，是在赞颂奥屯公书法，说其笔力雄健，有颜柳之风又自成一体。该诗碑原为上虞罗氏所藏，今存于中国国家博物馆。与黄庭坚、赵孟頫、米芾等大名人的书法手迹放在一起展出。

2000 年，内蒙古呼和浩特将军府博物馆收集到了一块汉白玉石的墓志铭，铭文的主人公是金朝的建威都尉奥屯斡里卜和夫人王氏（此二人正是奥屯良弼的父母亲）。据历史学家考证，奥屯良弼的母亲王氏，是中原儒学书香门第之女，说她"人才淑美，文武兼备，以才名动京师"。金朝皇帝为她赐婚，将她嫁给金朝华族奥屯斡里卜将军为妻，婚后王氏生育了三个儿子，她为儿子取了汉名：长子汝嘉，字良佐；次子汝洸，字良弼；季子汝霖，字良辅。她在丈夫去世后，独立抚养三个儿子，皆成人才。而王氏夫人随夫出访蒙古，被蒙古汪古部留置不归。汪古部就在大青山以南的丰城、东胜一带，是蒙古漠北与中原之间的交通枢纽和草原丝路的重要桥梁。当年蒙古黄金家族率领男子出征打仗，而蒙古草原后方由黄金家族的女子（公主）守护治理。据说王氏夫人在汪古部有力辅佐了三代公主，她们是成吉思汗之女阿剌海公主、拖雷监国之女独沐干公主，以及忽必烈之女月烈公主、总共持续了二十余年。汪古部相当于公主们的封地以及黄金家族的姻亲之地。王氏夫人主持当地官府行政管理工作，儿子们长大了以后轮流做地方官府（路）总管。估计奥屯世英与黄金家族拖雷系的特殊信赖关系，对奥屯良弼的母亲王氏夫人能得到如此信任有极大帮助。

经考证，写饯饮碑的奥屯良弼，字舜卿；而王氏夫人次子名奥屯汝洸，字良弼，他们不是同一个人。前者（字舜卿）在金朝泰和六年（1206年）就出使西夏，写了饯饮碑上的字，比后者（字良弼）要早30年左右。他们都是奥氏族史上的佼佼者，一个名良弼，一个字良弼。

奥屯良弼与奥屯阿虎、奥屯丑和尚是同辈，都是黑风大王的曾孙。金朝从1115年立国，至1234年灭国，享国119年，经历九帝。奥氏家族从金代起，就有从武转文的趋势。除了世袭做官外，还出了科学家、状元和进士，富贵而平安。虽是皇亲国戚加功臣，但并未受到权力的戕害，比完颜宗室要好。

第十七章

奥氏精英，今日标杆

刘禹锡这首诗揭示了人世变迁的深刻哲理：从灿烂到平淡无奇，从风云际会到浮云飘散，从显赫世家到平民百姓，风雨之后，往往并无彩虹。

乌衣巷

〔唐〕刘禹锡

朱雀桥边野草花，
乌衣巷口夕阳斜。
旧时王谢堂前燕，
飞入寻常百姓家。

这首《乌衣巷》用于金、元之后的奥氏家族，再贴切不过了。

刘禹锡还有一首更有名的诗——《酬乐天扬州初逢席上见赠》：

巴山楚水凄凉地，

二十三年弃置身。

怀旧空吟闻笛赋，

到乡翻似烂柯人。

沉舟侧畔千帆过，

病树前头万木春。

今日听君歌一曲，

暂凭杯酒长精神。

诗豪刘禹锡在被贬的夔州（今四川奉节）、朗州（今湖南常德）等所谓巴山楚水凄凉地待了二十三年后，回东都洛阳，路过扬州时，与神交已久的诗友白居易初次相见，白居易为他接风，吟唱了一首诗歌，他有感而作。诗中"沉舟侧畔千帆过，病树前头万木春"，更是神来之笔。

明朝享国 276 年，清朝享国 275 年，辛亥革命到如今，又是一百多年过去了。在这漫长的六百多年里，奥氏族人作为普通老百姓，在平凡的时光中度过。其间，难免遭逢战乱、灾害、贫穷，奥氏族人咬紧牙关，渡过难关。世代居住在陕西的族人，也曾走西口，闯关东，经山西大槐树迁徙流布去了山西、内蒙古等地。

据最近统计，全国奥姓人口有一万多人，他们都是金朝黑风大王的子孙。天下奥姓是一家。

奥振堂在清光绪十五年（1889年）修成《奥屯氏族谱》，确定奥氏第一先祖就是赫赫有名的黑风大王。

医者奥振堂的曾祖辈在清乾隆年间就在蒲城行医，到他是第四代。而他继承祖传医术，在先辈的基础上又有创新，且为人诚信，赢得了当地老百姓的喜爱和尊敬。最难得的是他被尊为三好医者。所谓"三好"，指的是：医术好，医德好，医望好。

何谓"医望"？即医者人望。大家听他，敬他。

奥氏第二十八代杰出子孙奥振堂，不仅为奥氏家族做出为善的好榜样，而且为当地百姓真正做了救死扶伤的好事，与人为善，惠及一方，无疑惠及子孙后代。

金、元灭亡，明、清两朝以来，奥氏家族的族人已不再为官，成为普普通通的百姓。正如奥振堂主持编修的《奥屯氏族谱》序言所云："吾家世农，旧无家谱，不能远记，今特记其所能知者，使子孙承先启后，永振家声。"

在清末那个兵荒马乱的年代，中国内忧外患，积贫积弱，经历两次鸦片战争的惨败，天灾人祸，赤野千里，奥振堂医生作为医者济世救人，却是生逢其时。而在救治病人，无暇休息之际，奥振堂公做了两件大事：一是编修奥氏族谱；二是出资修建华佗庙，供奉药王、吕仙、华佗，传称该庙现在依然香火旺盛。

不知道奥振堂当年为修族谱、修庙花费多少，但在那样匮乏动荡的年代，难能可贵。奥振堂医生是个有胸怀的大善之人。他的所作所为，成为后世楷模。

第十八章

拨历史迷雾，还事物真相

这首诗表达了曹操晚年的心境。

龟虽寿

〔东汉〕曹操

神龟虽寿，犹有竟时。

螣蛇乘雾，终为土灰。

老骥伏枥，志在千里。

烈士暮年，壮心不已。

盈缩之期，不但在天。

养怡之福，可得永年。

幸甚至哉，歌以咏志。

曹操与成吉思汗，不同的时代，却有几个相同际遇。

　　第一，他们两位的庙号都为"太祖"，却从未当过皇帝。他们为子孙成为皇帝奠定了良好基础。

　　第二，他俩都活了六十六岁。

　　第三，当他们告别世间时，都壮志未酬，壮心不已。

　　成吉思汗去世之前，西征刚刚归来，西夏秒灭之间，尚有金国、南宋未灭，所以英雄未竟之志，不无遗憾之情，临终传位于三子窝阔台并口授联宋灭金之策。

　　曹操临终之际，虽依然天下三分，但大局已定，曹操已经做好安排，后事不必由他操心和担心。

　　曹操"挟天子以令诸侯"，拥兵百万，实权在握，可谓威风八面，但他最终未登那最后一阶，这也许是熟读《春秋》，遵从儒家君臣父子之格，不越雷池半步的心态。

　　其世子曹丕，以"禅让"之美名，夺汉家之天下，酿成后世无尽的血腥和颠覆之苦果，所有苦果皆成因果。

　　有人说："历史是一面镜子，它照亮现实也照亮未来。"

　　也有人说："历史是由胜利者书写的，它充满谎言。"

　　还有人说："历史从未过去，它既是过往又是现实。"

　　吾说："历史是尘封的悲喜剧，它蕴含因果关系。"

　　世上有一种逻辑，叫因果，它不是三段论，而是两段，种瓜得瓜，种豆得豆即是。无论你用推演还是归纳，都可以。

但因果又是非线性的，即有时候你做了好事，却不能得到善报，甚至像农夫救了蛇那样，反而被咬了一口。因果不是科学。

对于一个富贵显赫的家族而言，最要紧的是与时俱进的平安和谐。不少皇族贵族，都曾遭遇各种不测，但奥氏家族在金、元时期长期保持富贵和安好，未受权力的戕害，似乎冥冥中有种力量在庇佑着他们。我们先从奥氏家族谈起，看看他们在金、元时期的真实际遇，再分析古今中外的某些重大历史事件的成因及其后果。

有金一代，从开始到结束的一百多年时光里，有三个时间节点，三次对宗室贵族的杀戮和戕害事件。

第一次是海陵王弑熙宗篡位之后，对完颜宗室的大规模血洗。正如我们在前面章节里的文字所述：

完颜亮在上台后的第二年就向太宗一系子孙开刀，完颜卞、完颜宗哲、完颜京、完颜宗雅、完颜宗义等太宗子孙被杀的有 70 余人，太宗后代全部被杀。出于同一目的，久握重兵在外的宿将完颜撒离喝也被杀。此后海陵王又借故把宗室完颜宗本、完颜宗美、完颜宗懿以及跟他一起谋逆的完颜秉德等人诛杀，使完颜宗翰子孙 30 余人、完颜斜也子孙百余人、完颜谋里也子孙 20 余人等众多宗室大臣灭门。连他的嫡母徒单氏也被杀。

在这场血雨腥风的洗礼中，作为皇亲国戚加功臣的奥屯家族毫发无损。因为奥屯家族虽是显赫的贵族，但离权力中心较远，从不参与争权夺利之事，也不选边站队，对海陵王执政未构成威胁，所以平安无事。

第二次是卫绍王完颜永济被败军之将胡沙虎弑杀，拥立宣宗完颜珣。胡沙虎请废永济为庶人，诏请百官议于朝堂。太子少傅参知政事奥屯忠孝等支持胡沙虎提议。可能他想到当年海陵王被弑杀后，废为庶人，至今已五十余年过去，仍不得翻身，所以就附和了胡沙虎一派的意见。可是胡沙虎弑杀卫绍王不久，其部将术虎高琪因屡败怕被胡沙虎所杀而抢先刺杀了胡沙虎。不久，术虎高琪被升为尚书右丞相，接着术虎高琪又因擅权被杀。但卫绍王的历史地位必须重新评价，于是朝廷恢复了卫绍王的王爵。在这次波谲云诡的政变中，奥屯忠孝虽在朝堂上表态支持胡沙虎，但受益者是金宣宗，奥屯忠孝是为金宣宗好的，再加上奥屯家族在金朝皇亲国戚的身份和功臣的特殊地位，即便遭到政敌张行信攻讦，也没有遭受灭顶之灾，奥屯忠孝被贬出京任地方官而已。离开了权力中心，反而远离无妄之灾，奥屯家族的人又安然度过此次危机。

第三次是金朝灭亡之时，完颜宗室遭到大规模杀戮和戕害，奥屯家族平安无事，其他女真贵族，如徒单氏、夹谷氏、纥石烈氏、移喇氏等均得以保全，可见蒙古人只对金完颜宗室男性痛下杀手。其他贵族，过去如无戕害蒙古人的一概不问。加上奥屯世英与蒙古黄金家族的拖雷一家的良好关系，奥屯家族安然无恙。

奥屯家族除奥屯丑和尚战死代州，不知具体死于谁之手外，有两位赫赫有名的人物，一位是黑风大王，他于 1129 年 3 月死于熟羊寨，是因宋将刘惟辅夜袭军营而阵亡。刘惟辅随后被俘，金军杀了他为黑风大王报了仇。另一位是奥屯襄，他在做北京（大定）留守时被他的手下北京城防司令完颜习烈所害。不久，北京发生兵变，完全失控，完颜习烈被乱兵所杀。

进入元朝后，有一次，奥屯世英的父母家眷一百多口，在河南许昌乱军之中被蒙古军救出，奥屯一家平安重聚，是因为窝阔台大汗和四王子拖雷得知奥屯世英家属失联，世英无比悲伤，每晚泪湿枕褥。怜悯爱将的大孝之情，窝阔台大汗亲自下令全军：若得到奥屯将军父母家眷，不得伤害了他们，安全带回。

在那个血雨腥风的时代，奥屯家族如有神助般，数代人都享受荣华富贵而且安好。在几个权力更替的关键时刻，都安然无事，显示出这个家族世代安宁的可持续性。主要原因是奥屯世英与黄金家族的关键人物四王子拖雷之间忠诚真挚的情谊。特别是拖雷不幸英年早逝之后，窝阔台大汗想拉拢作为全国七大汉军万户之一的奥屯世英，他果断拒绝，言犹在耳："请恕我不能从命，我的大汗，我一直隶属四王子府，如果我答应你的安排去做河中府尹，我还有何面目见唐妃母子？"

谁敢得罪大汗，那是要冒杀头灭族风险的事，可是奥屯世英顶住了巨大压力，守住了忠诚的底线，老天于是回报他。"四帝之母"、拖雷之妻唐妃非常高兴，除亲手为世英缝制一件锦衣之外，还叮嘱自己的儿子蒙哥、忽必烈、旭烈兀、阿里不哥，让他们勿忘奥屯家的真情。

奥屯家族的人，从1227年到1368年的100多年时光里，过得幸福而平安。汗权皇权除在窝阔台系接力了22年外，一直都在拖雷一系传承，无论是谁上台，对奥屯家族都一样的好。他们不用去选边站队，自然而然享受无风险的荣华富贵。这是奥屯世英与奥屯保和兄弟与成吉思汗和拖雷父子的缘分，亦是奥屯世英忠信美德带来的安宁。

欧阳修认为"为善无不报，而迟速有时，此理之常也"。意思是：做了善事必有福报，时间迟早而已，这符合常理。

关于善与恶，其内涵可能因时势不同而异。关键是与自己内心信仰一致。首先你不能欺骗自己，因为骗不了，其次不能骗人，因为若要人不知除非己莫为。为善不是伪善，是为自己好，你的内心会得到安宁。所谓为善，福虽未至，而祸已远离；作恶，祸虽暂未至，而福已远去。

赋诗一首，以抒发笔者之感慨及概括本书之主旨：

千年安宁

世间至美乃大同，

人性最难是宽容。

止戈为武怨仇解，

劝善成和士心通。

黑风捐躯梦华夏，

岳王至死憾黄龙。

荣华富贵不堪久，

千年美德安宁中。

　　这些历史尘封的真实往事，以及美德产生的长久力量，决定了人的能力和努力之外的因素。你今天的行动或善行对你的后人有影响。

　　笔者在当年蒙古灭金的最重要一战三峰山之战的古战场，今河南禹州的一家民居住了三个月，闭关写作完成本书初稿。金元时期的许多史实，今天的人们已很少知道，如果问禹州当地人三峰山之战，他们也都茫然不知。因为历史资料本身稀缺，人们已不关心或者从未听说。笔者到古战场，身临其境，仿佛听见当年金戈铁马的呼啸，蒙古弯刀下，那些春闺梦里人的喊叫呻吟。是的，到事件发生的地方去，会产生许多灵感，这些灵感汇集起来，集腋成裘，就会成为一部真实生动的书。

　　写本书，笔者最想感谢的两个人：

　　一位是奥凤义。

　　与她有缘，方识奥氏家族。她善良优雅温婉，愿相互珍惜，不离不弃，相伴到老，成为彼此灵魂的归宿。

　　一位是奥凤廷。

　　他的孝悌与感恩，富而不骄，诚恳待人，在不知不觉中感动了我，也是我能够写成本书的要因。

愿本书对奥氏先祖之美德和荣耀以及金、元历史的真情叙述，产生良好的社会影响，愿有缘读到本书的读者，从中悟出改善自己命运的真谛。

　　奥凤廷的父母，是现时幸福的老人。父亲奥忠厚现年90岁，精神矍铄，行动自如；母亲孙氏夫人，现年85岁，笑脸盈盈，无病无灾。

　　奥凤廷为子孙后代及世人留下标杆，标杆上写着：

　　孝悌是成功之美，感恩乃顺畅之德！

王大毅

2019年8月写于仁者之乡，大佛之城

奥凤廷与耄耋之年的老父老母在北海道留影

孝顺的儿女，奥凤廷和奥凤义扶着母亲下飞机